L'Asiate aux yeux verts

Ouvrages des mêmes auteurs :

* **LUCE MICHEL**

- Adolescentes et violentes, *éditions Michalon mai 1999*
- Sans images, le monde est sourd, *éditions Carnot, mars 2002*
- Crampons aiguilles, *éditions Adcan 2004*

* **DEL PAPPAS**

chez Jigal

- Le Baiser du Congre
- Bleu sur la Peau
- Le Jobi du Racati
- La Girelle de la Belle de Mai
- Le Royaume de Dégun
- Du Sel plein les Yeux
- Pleure pas, le Mistral se lève
- Le Coeur Enragué
- Le Cafoutchi du Diable
- La Mue de la Cigale

chez Librio

- Massilia Dreams

Hors Commerce

- Du Soleil dans la Tête
- L'École dans les nuages

chez l'Écailler du Sud

- Mémoires d'un goûte sauce

chez Autrement

- Du Jaune dans le Noir

chez C.L.C.

- Le boiteux serbe (avec Luce Michel)
- Massilia dream

Del Pappas
Luce Michel

L'Asiate aux yeux verts

Les enquêtes de Gwendoline Strawberry

Illustration de couverture : Chantal Hocdé

C.L.C.

Vous pouvez retrouver nos éditions sur le site :
www.lir-ecrire.com

Pour tout envoi de manuscrits :
Place de la Fontaine - 84760 St Martin de la Brasque
ISBN : 2-84659-025-7
EAN : 9782846590259

L'amitié et le respect ont été les parents proches de cette série, qui n'a d'autre but que de vous divertir. Des émotions diverses, peur, rire, mouligouli*, et même, petites larmes aux coins des yeux qui demandent le mouchoir brodé aux armoiries. Pourquoi pas, nous sommes ambitieux.

Légers, mais prétentieux !

Il est entièrement inutile, vain, et même présomptueux, d'y chercher une connotation culturelle, sociale, politique, z'ou autre ! Donc, c'est une œuvre entière, et fièrement de fiction. Levez la tête et allez vous moucher! Vous ressemblerez ainsi à une meute de cyclistes !

Nous n'avons jamais approché de près ou de loin une quelconque vérité dans les évènements étranges ou dans les jolis personnages qui nous sont apparus dans les rêves nocturnes, siesteux, et quelquefois, il ne faut pas s'en cacher, dans nos pires cauchemars. Comme tout homme bien né le sait, il arrive que quelquefois la réalité colle avec les écrits de ces frappés, ces jobastres* éthyliques, ces hystériques, ces paranoïaques que sont les auteurs.

Nous le disons clairement.

Haut et fort !

Il ne saurait être question de nous imputer ces divagations du destin, ces plis mous de l'histoire. Nous le répétons encore grandement et puissamment, il est hors de question qu'un tatillon, un obsédé, un psychopathe, voire un zélé fonctionnaire vienne nous dire, sourcils froncés, tapotant de sa verge le pli impeccable de son pantalon, ou même pire… "Le mec que vous décrivez-là, page 333, 666 ou 999, c'est moi ! Je me suis reconnu, comme votre héros j'habite Marseille, alors ! Vous voyez, bien… de plus je suis un ami de Landolfi !" Ou alors, encore plus absurde… "La situation dont vous parlez dans votre opuscule de merde, c'est ce qui s'est passé à tel ou tel moment dans ma vie, sauf que vous avez déplacé le pays, les intervenants, la situation, sinon…! On voit bien que vous mettez en question telle société dont les membres sont tous réfugiés en un pays où l'extradition n'existe pas, ou qui sont devenus entre temps, roi, empereur, ministre ou maire."

Que les grincheux continuent donc de grincher sans nous. Nous ne voulons que la paix et l'harmonie des sens des hommes de bonne conscience!

Amen !

“Oh putain de bonsoir, le cagnard y plombe aujourd'hui, je suis toute trempée !

Sa vieille voisine se plaint au jeune postier, qui a sonné chez elle pour une lettre. Sa voix porte dans le silence de la rue quasiment morte.

- Je ne peux plus mettre mes espadrilles tellement j'ai les pieds tout gonfles.

Elle souffre du trop grand froid et aussi comme aujourd'hui de la canicule. Il soupire. La vieillesse est une sale bête. Il doit aller la voir pour lui porter des glaçons. Qu'elle puisse les mettre dans sa bassine, baignant ainsi ses pieds douloureux.

Oui, la chaleur est encore très perceptible en ce mois de septembre marseillais, même si le mois d'août a laissé place à la douceur, plus de saison. Les Marseillais continuent de se baigner dans la ville. Les arbres sont toujours verts et les filles portent des jupes courtes, laissant voir ainsi des jambes bronzées, dorées au soleil de la Méditerranée.

Ouais, de sacrés bons côtés.

Les persiennes sont tirées, comme elles le sont par toutes les ménagères de la région, attentives à ne pas laisser entrer l'agressivité sèche du soleil méditerranéen.

L'homme soupire encore. Il n'écoute plus vraiment le

verbiage de la bonne vieille.

La chaleur excessive et le bronzage des filles, dans la ville, réactive des souvenirs doux et douloureux à la fois. Des images qui l'avaient conduit, il fut un temps, au bord du précipice. Il n'aurait pas pu penser, à l'époque, pouvoir aller puiser dans ce sac noir, quelque part du côté de sa mémoire, ses sensations défendues. Aujourd'hui, ce n'est plus qu'un pincement au cœur. Un pincement sec.

Il saisit sur son bureau le galet ramassé jadis et le caresse doucement. Il ferme les yeux en souriant.

Il se souvient trop bien de cet été-là, dans le minuscule village de Loutros, au sud de la Crète. L'été de leur dernier voyage. Sur la localité, il n'y avait aucune route. L'on ne pouvait accéder à cet endroit magique qu'en caïque. Quand ce bâtiment antique n'était pas en panne, ou que la mer ne présentait pas une vaguelette un peu houleuse... à moins que ce ne fut le capitaine qui digérant les fêtes et les nombreux verres minuscules de Raki, l'alcool blanc, fort, âpre, ne fut encore un peu malade. D'ailleurs, le matin où enfin ils avaient largué les amarres, ils l'avaient trouvé un peu pâle, le galonné, et avaient ri de concert quand il était apparu dans l'embrasement de la cabine, la casquette de travers. La traversée de Paléochora jusqu'au village s'était finalement bien passée, pas de panne de moteur ni rien qui aurait ajouté au piment de l'aventure. Juste un voyage sur le pont encombré de biquettes apeurées par la traversée. Il l'avait observée en douce pour voir son plaisir. Elle riait à la drague de certaines biquettes, qui malignes avaient vite compris que c'était un pigeon idéal. Son paquet de petits Lu y était passé en entier. Quand le village avait été en vue, une rumeur était arrivée jusqu'au bateau malgré le bruit chaotique du moteur.

- Qu'est-ce que c'est?

- C'est rien... les cigales!

Elles étaient innombrables, et la chaleur aidant, elles stridulaient toutes dans un bel ensemble qui assourdissait toute la calanque.

- Le comité de réception!

Elle avait souri et affirmé avec force :

- Un sacré bon présage.

Elle était comme ça. Tranquille, rassurante, tendre et belle. Comment avait-il réussi à se passer d'elle?

Ils avaient mangé des barbougnas, minuscule rougets de roches, délicieux, accompagnés d'une salade de tomates rouges comme le sang avec un fromage de brebis immaculé et le tout, arrosé d'une huile d'olive forte en couleur et en goût.

Avant de faire l'amour, ils avaient avidement bu le retsiné de l'établissement. Un vin jaunâtre trouble et parfumé à souhait.

L'aubergiste, un vieux habillé d'un pantalon coincé dans des bottes noires, de la taillole et du filet sur le crâne, en les voyant prendre le chemin de la chambre, un peu gais, avait commenté, goguenard la démarche peu sûre de la jeune femme et son rire facile :

- Poli potéri crassis aspro! (Trop de petits verres de vin!)"

Et il tournait sa magnifique moustache grise.

Ils n'avaient pas relevé, tout à leur amour et à leur désir.

Juste avant qu'ils ne pénètrent dans la chambre, l'homme lui avait envoyé virilement un clin d'œil que le tenancier lui avait rendu, complice.

La chambre était face au large, face à la Lybie. À la lumière rare des volets clos, ils s'étaient longuement unis, bercés par le ressac de la mer, complices.

Ils avaient savouré leur bonheur si simple.

Après l'amour, il l'avait regardée dormir, ne se lassant pas de son visage si régulier, des minuscules perles de transpiration laissées par les mouvements du sexe, sa peau si fine que l'on voyait dessous courir les veines. Il avait pensé que jamais il n'avait été aussi heureux, que son bonheur était palpable.

Cela avait été la dernière fois…

"Hey Jude! Pan pan pan! Don't let me down, doun, doun, doun, you have found her, now go and get her...

L'ordre n'est pas complètement orthodoxe, ça non ! Les paroles, ce n'est pas mieux, elles sont souvent approximatives, et des fausses notes en pagaille égaient l'ensemble. Les Beatles, heureusement, n'entendent pas cette version étrange, baroque, de leur inoubliable, éternelle chanson.

La rousse anglaise s'en fout ! Et continue.

- *...remember to let her under your skin, then you begin to make it better..."*

Gwendoline, en rythme avec elle-même, se frotte énergiquement au savon de Marseille. Elle se concentre pour ne pas oublier de plage de son corps de rouquine, somptueux, et malheureusement vierge. Elle se moque bien du texte et du tempo exact de la chanson.

Satisfaite et même contente en pensant aux nouveaux rideaux, qui ornent et occultent en partie les larges fenêtres de son bureau marseillais, boulevard Dugommier, elle se récure sous l'eau chaude et parfumée. Cela n'a pas été sans peine, pour les poser! Elle s'était fait un devoir de ne pas demander d'aide aux jeunes garçons qui traînent constamment chez son amie Yasmina, qui tient le bar "Les perles d'Allah", en bas. Toute seule, oui, comme une grande! Elle avait bricolé... la perceuse... il avait fallu avant apprendre à s'en servir. Et les vis, les chevilles… elle avait tourné en rond, pratiquement une heure, avant de retrouver la clef pour bloquer le *"fucking"* mandrin, sagement rangé dans le logement prévu à cet effet. Fallait juste trouver ce fameux endroit, que les fabricants avaient soigneusement planqué dans une encoche parfaitement invisible. Après avoir lu en tout sens, et dans les deux langues le mode d'emploi, elle avait enfin découvert l'objet. Elle n'avait pu s'empêcher de jeter à la face des constructeurs farceurs…

- Sadiques !

Après, elle avait évidemment utilisé une mèche trop grande pour faire le trou. Les chevilles que le beau vendeur lui avait conseillées, nageaient dedans comme des sardines dans le Lacydon ou des truites dans la Tamise, selon les références en vigueur, admises dans le monde cruel qui nous entoure.

Pourtant le beau brun lui avait expliqué longuement comment faire et l'adéquation entre les deux éléments.

- Il faut absolument que la cheville entre en force, vous voyez! Comme s'il y avait une synergie.

Et en mimant la foreuse qui perce le mur, il avait un de ces regards égrillards qui pénétrait la rouquine jusque dans son intimité.

Quelle histoire!

Mais enfin, maintenant, elle savait bien que dans ce domaine là comme dans tant d'autres (dont la liste lui échappait à la minute présente) elle pouvait très bien se passer d'une présence masculine.

- Enfin… .

Elle soupire, un peu nostalgique. En fait, elle n'y croit guère, mais…

Et puis, avant tout cela, le tissu ! En effet, la percale verte, malencontreusement disparue et qui servit de linceul au Boiteux serbe lors de sa première enquête, avait été impossible à retrouver.

Évidemment !

Une pareille aubaine! Elle s'en doutait d'ailleurs et ne se faisait aucune illusion.

Le marchand, désolé mais roublard, lui avait proposé un autre textile -un coupon impossible à vendre pour lui- et que, bien évidemment, elle avait adoré immédiatement. De vert, les rideaux étaient devenus rose bonbon sucré. Roméo, à la première vision en avait eu un étourdissement, il avait fallu qu'il se retienne au guéridon pour ne pas tomber. La chair de poule avait envahi sa peau. Il avait toussé bruyamment pour empêcher le cri d'horreur qui montait en lui, de sortir, et il n'avait rien dit.

Un vrai gentleman.

Pas dupe, elle savait bien qu'il ne partageait pas les mêmes goûts qu'elle en matière de couleur et de décoration. Il n'y avait qu'à voir la tête qu'il faisait quand ses beaux yeux noirs se posaient sur ses magnifiques baskets, qu'elle adorait.

Complètement dégoûtés.

- *"Shit!"*

C'est vrai, quoi! Au fond, le jeune homme, bien que compétent et charmant, n'était que le secrétaire de son agence de détective et n'avait donc absolument pas voix au chapitre. Heureusement, elle avait gardé le contrôle de certaines situations et le choix des rideaux et de ses baskets restait entièrement de sa compétence.

- Et toc! "*I'm the boss!*"

Une terrible odeur de croissant titille les narines aiguisées par la faim de la jeune femme. Si elle ne se trompe pas, cette odeur signifie que son superbe secrétaire est arrivé et qu'il n'a pas oublié sa livraison de croissants quotidiens.

"Le coquin! Il sait comment me prendre..."

Talonnée par sa gourmandise légendaire, la jeune femme finit très rapidement de se préparer, négligeant même sa fameuse crème protection 60 contre le soleil, qui met à l'abri des ardeurs cruelles de l'astre divin ses nombreuses et fragiles taches de rousseur.

- Roméo ? appelle-t-elle.

Son appartement est contigu à leur bureau et le jeune homme lui répond immédiatement de sa belle voix mâle.

- Patronne ! Je suis là !

Et il rajoute avec un pur accent d'Oxford du plus bel effet :

- "*The tea is ready, miss!*"

Gwendoline sourit, enfile ses baskets roses à fleurs bleu turquoise qui complètent à ravir sa tenue toute simple et s'harmoniseront parfaitement à ses rideaux tant désirés.

Elle avait enfin reçu son colis, le seul qu'elle avait envoyé de Londres avant son départ définitif et qui contenait ses dix-sept paires de baskets. Elle se souvient bien de ce jour-là. À peine ouvert, elle avait contemplé avec ravissement et une pointe de nostalgie ses précieuses chaussures avant de les ranger de façon obsessionnelle et méthodique dans son placard. Les bleues canards avec les bleues roi, ou outremer, cobalt... les rouges avec les roses à marguerites, les vertes émeraudes avec les vertes olives et les vertes bouteilles, sans compter les vertes Véronèse etc.

Quand elle poussait la porte de son armoire, c'était une véritable explosion de couleur. Elle retrouvait ainsi ses marques et d'une certaine manière, celles qui furent ses meilleures amies londoniennes.

- Ah ouais! s'exclame Roméo en apercevant sa patronne juchée sur ses godasses colorées.

Elle est même contente du ton dubitatif de son employé.

- La classe, non ? interpelle Gwendoline en mettant son pied à hauteur du rideau. Le mélange de tous ces roses laisse Roméo sans voix. Pourtant, c'est un garçon qui en a vu d'autres.

Devant sa stupéfaction, Gwendoline éclate de rire, heureuse de cette belle journée qui s'annonce, de la beauté stupéfiante (et interdite) de son employé et de l'odeur grasse et appétissante qui s'échappe du petit sac en papier posé délicatement sur une assiette ornant leur "table à manger".

C'est une trouvaille pratique de Roméo. Il a acheté cette petite table aux puces de Marseille. Il était, depuis tout temps, convaincu qu'il était plus hygiénique de manger sur ce petit guéridon bas protégé par une vitre, que d'émietter des sandwichs au thon (ses préférés) au-dessus de son ordinateur. Son initiative avait trouvé un écho favorable chez sa patronne et les deux jeunes gens utilisaient la table plusieurs fois par jour, au moins pour boire le sempiternel thé de Gwendoline. Son amie Yasmina, en se moquant gentiment, avait fait remarquer que la jeune femme buvait son thé avec la même régularité qu'un bon croyant musulman tapait le sol de son front à l'appel de la prière.

La grande différence était ce besoin plus régulier d'aller au petit coin, pour, comme disait pudiquement la jeune fille "me laver les mains "

Le café de Roméo finit de passer dégageant dans la pièce cet arôme particulier de l'arabica de prix. Le jeune homme n'a pas lésiné et a profité de l'installation du meuble pour imposer l'arrivée dans le bureau d'une superbe cafetière électrique destinée à lui fournir sa dose quotidienne de caféine, son poison favori. Il a pris le modèle familial, acheté dans une petite boutique de la rue d'Aix ("Une affaire patronne! Juré! Tout juste tombé du camion!") Et qui peut alimenter jusqu'à 16 tasses. Il n'est pas rare qu'il vienne à bout des 16, tout seul. Parfois même, il se refait une tournée. Mais Gwendoline l'en empêche le plus souvent, arguant du fait que "ce n'est pas très bon pour la santé, Roméo, vous savez bie!". Ce pourquoi le jeune homme investit chez les torréfacteurs pour se procurer sa dose quotidienne.

Jusqu'à présent elle n'a d'ailleurs pu convaincre le jeune homme du bien-fondé de ses arguments.

- Installez-vous patronne, j'amène le thé.

En soupirant d'aise, Gwendoline s'assied et savoure par la pensée les deux croissants au beurre qu'elle s'autorise 5 jours sur 7, le week-end étant consacré au jogging sur la Corniche et au jus de carotte pour tenter d'éliminer toutes ces graisses superflues. C'est avec horreur qu'elle avait constaté que cette friandise remplaçait dorénavant ses habituels œufs au bacon de ses pourtant copieux et caloriques breakfasts anglais. Roméo se fournissait exclusivement dans la seule boulangerie asiatique de Marseille, située, c'était bien pratique tout près, rue Thubaneau, en bas de chez lui.

C'est donc avec une certaine concupiscence gustative que Gwendoline, détendue dans son fauteuil préféré, voit s'avancer son secrétaire, le plateau du petit déjeuner à la main. S'apercevant de son émoi, elle se demande encore et toujours à qui en incombe la faute : croissants ou appétissant secrétaire ? À moins que ce ne soit le temps trop doux. Chez elle en Angleterre, on commençait à sortir les manteaux. Mais chez elle, aujourd'hui... n'était-ce point ici ?

Elle décide avec déterminisme que les croissants sont les seuls responsables de son trouble matinal. Bien sûr, elle a eu un sacré faible pour Roméo, lors de leur rencontre. Mais les goûts du jeune homme le portent malheureusement vers ses semblables. Les gros mollets poilus, plein de biscotos, des nuques épaisses. L'Anglaise ne s'est pas longtemps bercée d'illusions à ce sujet. Elle restera encore vierge un sacré moment. En tout cas, ce n'est certainement pas Roméo qui, comme prétend en riant Yasmina, lui montrera le loup. Il lui semble que cette expression triviale a un sens sexué. Elle pardonne ce lazzi* de sa copine, qui ne possède pas en elle une once de méchanceté.

Elle se console. "Oh, après tout, cet état n'est pas complètement désagréable. Je suis libre de dormir jusqu'à point d'heure le dimanche, je n'ai pas de chemise retorse à repasser, je peux garder mes poils disgracieux sur mes jambes, et puis parfois ne pas me brosser les dents avant de me coucher, bien que cela ne soit pas très hygiénique... Enfin, cette situation ne va certainement pas durer mille ans, non plus! Je suis grande, bien faite, des yeux intéressants, un regard coquin, oui, coquin, si je veux, "*when I want*", et j'ai un goût sûr. De plus, je suis intelligente, un jeune chef d'entreprise qui va à n'en pas douter étonner plus d'un énarque de la Chambre de Commerce... Oui! J'ai des atouts en pagaille et je ne devrais pas rester célibataire encore très longtemps! Et puis, de toute manière, je ne suis pas pour la précipitation dans les affaires de coeur. Il faut savoir mesure garder. Et elle soupire. Qu'importe le célibat, l'heure est trop matinale pour avoir du vague à l'âme en pensant que c'est "*alone*" qu'elle va encore se réveiller le lendemain.

Ces pensées douces-amères la ramènent au croissant, qui si elle continue de déprimer va refroidir dans son cercueil de papier.

C'est au moment précis où elle ouvre le petit sachet pour en sortir l'objet de ses désirs que la sonnette de la porte d'entrée du bureau retentit impérieusement. Il n'y a décidément pas de dieux pour les mangeurs, gourmands de croissants tièdes.

- "*Shit!*" pense-t-elle, contrariée dans ses besoins les plus élémentaires. Fort heureusement, l'interjection un rien vulgaire n'a pas franchi le seuil de ses lèvres rarement maquillées.

Roméo lui jette un regard interrogateur.

- Je range tout dans la cuisine ?

À l'idée que ses croissants lui échappent définitivement, elle panique.

- Non, non! Nous partagerons éventuellement avec le visiteur.

Mais en même temps lui vient l'idée que ce pourrait être une affaire qu'on viendrait leur proposer. Non, après réflexion... ce doit forcément être un futur client et il est saugrenu de lui proposer un partage de croissants. Un être forcément meurtri par les problèmes insurmontables dont l'agence allait se charger "illico presto". Contente de ses connaissances en expression italienne, limitées, mais exactes, elle fait signe à Roméo.

- Allez ouvrir, vite. C'est peut-être une pratique pour nous.

Et la jeune femme va s'installer derrière son bureau au sous-main de cuir vert et pour se donner une contenance, ouvre le dossier du courrier qui ne contient que les factures d'électricité, des publicités pour des artisans du quartier et des minuscules cartons colorés, édités par les marabouts africains pour qui ce serait un jeu d'enfant de trouver l'âme sœur à ceux qui voudraient bien leur confier peines et portefeuille.

Elle semble se plonger dans sa lecture avec une concentration extrême en sélectionnant plutôt un courrier d'EDF. En fait elle s'aperçoit que malgré son Q.I. très élevé, elle ne comprend strictement rien aux chiffres alignés de la facture. Il lui semble que ce sont des écritures anciennes, étranges, sorties d'un livre de l'écrivain visionnaire Orwel ou de la pierre de rosette, décryptée pourtant par le savant français, Champollion, il y a déjà quelque temps. Un mal de tête se déclare aussitôt, cette jeune Anglaise est d'un naturel extrêmement sensible.

- Mon Dieu que tout cela est déprimant. Heureusement j'ai Roméo pour tout cela !

Et justement celui-ci se manifeste.

- Entrez, Madame, je vais vous annoncer auprès de la directrice générale de l'agence.

C'est au deuxième "hum hum" de son secrétaire que Gwendoline, comédienne accomplie, condescend à lever la tête.

Et l'apparition ne manque pas d'intérêt. C'est une femme qui se présente face à elle. Grande, mince, blonde, elle semble mal à l'aise et décontenancée par les lourds rideaux colorés qu'elle observe effarée. Quand elle aperçoit Gwendoline son trouble s'accroît notablement. Et pendant tout l'entretien, son regard ira de façon obsessionnelle du regard de la jeune femme au tissu flamboyant avant de s'égarer sur les baskets, pourtant sagement jointes sous le bureau. Gwendoline croise rarement les jambes, on lui a appris que c'était inélégant d'une part, femme légère, genre Dallas si vous voyez ce que je veux dire ? Vous savez les Américains qui ont osé copier avec une mauvaise foi évidente les cagolettes* marseillaises ! Et aussi très mauvais pour la circulation, quoi qu'il en soit.

- Enchantée, Gwendoline Strawburry, se présente fermement l'Anglaise en serrant la main de sa cliente, qui ne sait plus où elle en est.

- Heu... Bonjour. Je suis Marie Palomier. Excusez mon attitude, mais...

Toujours calmer le client, le rassurer. Elle se souvenait très bien des premières leçons apprises par cœur, de l'école "Je vois tout" spécialisée dans l'apprentissage des jeunes détectives amateurs où elle avait fait ses premières armes.

- Asseyez-vous, je vous en prie, coupe Gwendoline, avec une autorité plébéienne. Deuxième leçon, "surtout ne jamais donner un choix quelconque au client potentiel! Surtout celui de s'éclipser avant d'avoir signer le contrat qui le lie", accompagné d'un franc sourire. Une vague tentative de mettre à l'aise la visiteuse.

Celle-ci s'exécute en faisant attention à ce que le tissu de sa jupe sur lequel elle se pose soit bien à plat, bien tendu. Pour qu'il ne fasse pas trop de plis disgracieux, de froissements gênants, quand la retraite s'imposera.

Petit tailleur strict légèrement trop chaud pour la saison, comme en témoigne les quelques traces de sueur sur sa nuque, talons plats, foulard Hermés à la mode dans les années soixante, la femme, tout en étant assez jolie, est plutôt terne.

Roméo pense, analyse avec tendresse :

- Malgré son âge, encore chrysalide, pas tout à fait papillon.

Pour le moment, elle semble presque terrorisée, et finalement, Gwendoline n'en mène pas beaucoup plus large.

Pour casser cette ambiance de gêne qui s'installe dans la pièce, Roméo, dont ils ont répété le rôle dans des cas comme celui-là, intervient. Il se lève souplement de son bureau et avec un léger mouvement de la tête, très stylé, propose gentiment:

- Vous prendrez bien une bonne tasse de thé, madame? Le ton de sa voix est chaud, fortement viril. Il pense qu'il peut lui offrir aussi de son café et se lance. Ou de café avec un croissant au beurre ?

Marie Palomier sursaute devant une proposition qu'elle juge presque obscène : se faire offrir une friandise dans ces circonstances très très pénibles! Comment oser lui tendre un croissant au beurre en de telles circonstances... Cela dénote une intimité brusque, imposée, dont elle se choque et dont elle n'a que faire! Elle est une inconnue pour ces drôles de gens... avec leurs drôles de rideaux en plus! Il faut dire que c'est bien la première fois qu'elle utilise les services d'une agence de détectives. Elle pense à Léo Mallet et à son fameux détective. La jeune femme va t-elle sortir de son tiroir une pipe en forme de tête de taureau ? A t-elle sous le bras un revolver pouvant donner la mort instantanée ? Le Noir est très beau, elle n'ose poser son regard sur lui, ce serait entièrement inconvenant. D'autant qu'il semble très nu, ainsi exposé aux regards, sans cheveux, sans poils aucun. Cela devrait être interdit de sortir comme cela. C'est étrange... tout de même, ils sont bien étonnants ces deux personnages.

Elle se reprend :

- Non merci, c'est très gentil!

Et pire que tout, elle ne tient pas à préciser que depuis qu'elle a arrêté le tennis, cela fait trois mois, elle a pris du poids. Plusieurs kilos pour être exacte, elle ne pouvait plus se concentrer sur ce jeu quelque peu artificiel.

- En revanche, si c'est possible, j'accepterai bien volontiers un verre d'eau.

Gwendoline est satisfaite. C'est très bon de faire accepter quelque chose par le client potentiel, ouais, très bon. Créer une dépendance est déjà une espèce d'intimité. Il est presque obligé d'acheter les services des détectives par la suite. Le grand Noir se propose illico avec le sourire adéquat.

- Fraîche ?

Marie Palomier accepte en fermant presque les yeux.

- Je vous amène ça immédiatement.

Roméo quitte la pièce en faisant profiter les deux femmes de son grand corps de félin.

Gwendoline griffonne, avec son Mont-Blanc qu'elle adore, sur son carnet : "Complexée, introvertie, et pas gourmande du tout". Un cahier Clairefontaine, le même que celui utilisé par tous les écoliers de France pour leurs devoirs. C'est du moins son adjoint qui l'en a assuré en le lui offrant, et il sait sûrement de quoi il parle, puisqu'il est resté étudiant jusqu'au doctorat.

- En attendant mon secrétaire, si nous en venions au but de votre visite ? interroge gentiment la détective, qui attrape un formulaire type, conçu par elle-même pour formaliser et aider dans ses enquêtes. Un travail qui lui avait pris presque une semaine entière, pas facile. Elle avait eu la satisfaction de voir dans le regard de Roméo, quand elle lui avait montré le document en question, de l'étonnement et même du respect.

Pour l'instant, Marie Palomier ne sait visiblement pas par où commencer. Nerveusement, elle lisse encore sa jupe à carreaux.

- Je ne sais pas comment vous dire... Comment vous raconter les choses dans l'ordre ? Vous devez me juger ridicule... mais, vous êtes une femme... Ça va être plus facile... enfin...

Coup d'œil sur la drôle de jeune femme. Elle n'arrive décidément pas à saisir sa nationalité. Il faut dire que Gwendoline a un peu pris un accent marseillais qu'elle a déjà mélangé au sien, pure intonation de Sa Majesté. C'est pour cela que Marie rajoute, subitement dubitative :

- Enfin... Peut-être.

Elle avale sa salive.

- Voilà le verre d'eau, bien frais! la coupe Roméo arrivant juste à temps. Bon réflexe, note l'Anglaise en jetant un regard approbateur à son assistant. Elle voit dans son œil un triomphe, il a écouté à la porte et est intervenu quand il le fallait. Bien joué !

Marie baisse les yeux, toujours troublée par la trop grande beauté du jeune homme roseau.

- Merci.

Elle boit une toute petite gorgée. Gwendoline pense à un oiseau. "Un moineau ? Une grive? Non. Un martinet."

Dehors, une cacophonie trouble le cours ronronnant des véhicules qui montent à la gare Saint-Charles. En effet, après un grand coup de frein, un conducteur de taxi s'engueule ferme avec le chauffeur de bus.

Ça promet!

- Bon, intervient Gwendoline, commençons par le commencement. Remplissons donc cette fiche de renseignements, cela ira certainement tout seul ensuite. Alors... Vous vous appelez bien Marie Pallommier. Avec deux "m" et deux "l" Pallommier ?

La cliente hoche la tête négativement déjà vaincue.

- Non, un de chaque. P.A.L.O.M.I.E.R

- Bon, très bien, je note.

Dehors, les choses ne s'arrangent pas entre les deux conducteurs.

Enfin, après les questions d'usage sur son état civil, Marie se détend, mise en confiance par le ton mesuré de son interlocutrice. Elle confie enfin à Gwendoline qu'en fait, elle voudrait engager un détective car elle a peur...

- Oui, je crains pour mon couple, mes enfants. En fait... je suis sûr que mon mari me trompe avec une autre femme.

Marie Palomier est soulagée d'avoir réussi à expliquer son terrible malheur. Mais en eux-mêmes, pour les deux jeunes détectives c'est la désillusion. En effet, ils sont bien désappointés, toute leur excitation est tombée.

C'est donc une "banale" affaire d'adultère.

Gwendoline est vraiment déçue. Elle aimerait tant enquêter sur des choses plus importantes, comme les réseaux terroristes, la prostitution, les trafics humains de drogue ou d'or, les enlèvements d'industriels, un braquage en préparation, voire la poursuite d'un tueur en série...

Elle frissonne à cette idée séduisante, mais se concentre sur l'affaire présente. Pour autant, rien n'arrête le léger soupir qui s'échappe de sa poitrine ferme comme ses convictions et son honnêteté. Ils en avaient convenu avec Roméo. Le travail de détective oblige parfois d'œuvrer pour le bonheur des ménages.

Cette femme a besoin d'aide et Roméo et elle sauraient être là pour l'aider. C'est son métier, le leur. S'il fallait planquer des nuits entières devant une porte d'hôtel, ils le feraient (enfin, c'est-à-dire, surtout Roméo, parce qu'elle, tout de même, cela ne serait absolument pas correct ! Et aussi terriblement fatigant). Et s'il fallait aussi chercher dans les poubelles pour trouver des preuves indéniables de la malhonnêteté de ce mari présumé volage, eh bien, ils iraient (mais alors, il faudrait vraiment que cela soit définitivement indispensable!).

Gwendoline se secoue et affirme en elle-même avec une conviction toujours intacte dans la déontologie de son job : “Il n'y a pas de petites affaires dans ce métier!”

Elle reprend donc le fil de son interrogatoire.

- Qu'est ce qui vous pousse à avancer une telle hypothèse ? Vous avez des éléments concrets à nous confier ? Ayez confiance, rien ne sortira d'ici. Nous avons l'habitude. Gwendoline évite soigneusement de croiser le regard malin de son employé de peur de perdre son sérieux. En fait “d'habitude”, ce n'est que leur deuxième affaire.

Mais, Marie ne voit rien, tout à son angoisse, à sa douleur, à ses interrogations sur la fidélité de son époux.

- Je vais vous expliquer. Ça a commencé… c'est simple.

En fait lorsque je suis arrivée à Marseille, il y a un mois jour pour jour. Mon mari lui, s'est installé en mars, pour son nouveau travail.

Dignement:

- Il est rédacteur en chef du journal, vous savez ?

Question pour la forme, car elle semble tenir pour acquis que tout le monde connaît, lit et apprécie le plus important journal de Marseille.

- Moi, je suis restée à Angers, où nous habitions, pour finir l'année scolaire des enfants. Presque résolument, elle ajoute :

- Car nous avons trois enfants!

Elle laisse passer un petit moment pour que ces interlocuteurs aient le temps de s'exclamer admirativement, mais seul le silence lui répond, alors elle continue :

- Vous comprenez, nous ne pouvions pas les couper de leur environnement habituel comme ça en pleine année. Les enfants...

Son regard se voile, prend la consistance d'un chamallow chauffé au feu de bois, dans une villa du Texas, après un bon chili con carne.

- Les enfants sont terriblement fragiles et sensibles. Oui, fragiles... et forts, bien sûr, mais moi je ne voulais pas prendre de risque, le grand... enfin...

Elle baisse la voix au point que Gwendoline est obligée de se pencher au-dessus de la table. Elle semble vouloir confier un terrible secret : - il a déjà redoublé une fois... à cause de...

La révélation est par trop humiliante, un sanglot s'échappe de sa gorge. Mais elle s'est promise de ne rien cacher, il faut jouer le jeu entièrement.

- C'est ma faute... le conseiller pédagogique prétend que je suis trop... présente. Comme si on aimait trop ses enfants ? Tout de même! Tout ça parce qu'il a dix-sept ans et que je lui beurre toujours ses tartines, et que je lui fais son lit. Et puis... enfin, bref, il fallait faire le déménagement, tout régler. Nous avons donc passé les enfants et moi les grandes vacances chez maman.

Un bref sourire à cette évocation.

- Heureusement qu'elle est là !

L'Anglaise a une vision fugace de sa propre mère, sèche, peu aimante, un frisson lui parcourt la colonne vertébrale, la cliente continue.

- Et nous sommes arrivés tous ensemble le 18 août. Armand n'a pas pu nous rejoindre chez mère de tout l'été. Mais il faut dire que son nouveau travail est très prenant, les enjeux pour sa carrière sont énormes. Il ne pouvait vraiment pas s'absenter. Et puis quand nous sommes arrivés à Marseille, je ne sais pas... Ce n'était plus pareil... Vous comprenez ?

Gwendoline ne comprend rien du tout mais hoche la tête compréhensive.

- Plus pareil...oui bien sûr... heu... en fait, non, je ne vois pas.

Autant être très claire, ce n'est pas la peine de faire semblant.

- Nous avons, je vous l'ai dit l'habitude de ces choses-là, vous pouvez vous confier sans peur aucune. Alors ?

Vous avez trouvé des lettres compromettantes, des factures d'hôtel, des traces de rouge à lèvres sur ses cols de chemise, du parfum ? Une amie l'a aperçu en fâcheuse posture? Que sais-je encore ?

Marie Palomier se tasse sur son fauteuil et agrippe son verre d'eau avec désespoir. Visiblement, Gwendoline ne saisit pas les raisons de son embarras et elle va devoir être plus explicite, encore. Elle ne soupçonne pas l'ampleur incalculable du désastre.

- Non, pas vraiment, mais comment dire, c'est son comportement, voilà, c'est ça, c'est son comportement ! C'est exactement cela, son comportement !

Gwendoline, toujours perplexe énumère, à la lueur de ses lectures nocturnes, les terribles défauts des hommes:

- Il rentre tard ? Il boit ? Il ment ?

Elle a un trou, puis son visage s'éclaire. Elle a trouvé.

- Pire, il vous bat ?

La femme est confuse de l'erreur du détective, et surtout elle ne sait pas comment dire les choses. Cette rouquine de malheur ne devinera donc pas son embarras ? Elle ne va tout de même pas l'obliger à...

- Non, non! Au grand jamais! Armand est un homme doux, gentil, éduqué. Oui, mais non! Vraiment vous ne comprenez vraiment pas?

Elle est toute énervée par l'incompréhension de son interlocutrice et esquisse même un geste pour se lever. D'ailleurs, sans plus se contenir, elle lâche tout à coup une interjection osée, mais elle n'a pas pu la retenir.

- Pomme à l'huile!*

Silence. Gwendoline hoche la tête, ce genre de truc n'est pas fait pour éclaircir ses idées, elle sent que son mal de tête empire.

- Pomme à l'huile ?

- Oui, pomme à l'huile... et même pomme à l'eau*! Il ne va tout de même pas falloir que je vous fasse un dessin, nom d'un petit bonhomme ?

Nouveau silence, rompu brutalement par Roméo qui lui, a tout de suite compris de quoi il s'agissait. Il décide de prendre les choses en main.

- Le problème est plus intime n'est-ce pas ?

Marie hoche la tête. Son énervement est tombé tout aussi brutalement qu'il s'est manifesté. Elle est fatiguée comme après un jogging ou après une partie de tennis avec la femme du percepteur, une vraie sportive.

- Il ne vous désire plus, c'est cela ?

Marie opine, au bord des larmes. Un tout petit...

- Non, vient poindre sur ses lèvres. Elle voudrait mourir.

- Tout cela est tellement humiliant.

Quant à Gwendoline, la situation s'éclaire pour elle. Et en premier lieu son visage qui prend une teinte des plus vermillons. Elle est horriblement gênée par son manque de tact. Imaginer cette brave femme nue dans un lit solitaire et froid, en proie à un désir inassouvi, lui semble de la plus complète indécence. Elle qui trouve déjà Madame Bovary scandaleuse, ne comprend même pas comment Marie ose ainsi se livrer à des inconnus et surtout devant une vraie jeune fille. Il est vrai que cela ne se porte pas sur le visage. Bien qu'en lisant "Le parfum" de l'écrivain Suskin, elle ait appris que la virginité, pour des nez exercés, se sent. Enfin, délire d'écrivain ? Il faut dire que les connaissances dans le domaine de l'amour de Gwendoline restent pour le moment livresques et que même de ce côté-là, le roman le plus pornographique qui lui soit tombé entre les mains est "Le diable au corps" Elle en avait fait des nuits blanches... En effet, imaginer Gérard Philippe dans ses bras...

- Peut-être tout simplement un peu de fatigue ? argumente Roméo, compatissant.

Marie secoue la tête.

- Non. Vous ne connaissez pas Armand comme je le connais! Un mois et demi sans... Non, non, c'est impossible! Et puis, il y a cette phrase, la nuit dernière, dans son sommeil. Il marmonnait quelque chose à propos... hum...

Ça a du mal à passer, mais il le faut.

- ...d'une asiatique aux yeux verts... Alors, moi, je ne sais plus...

Gwendoline, calmement :

- Une asiatique aux yeux verts ?

- Oui une asiatique... aux yeux verts. Enfin, il a déclaré, textuellement : Oh, cette asiate aux yeux verts...

Enfin du concret! La détective écrit proprement : "asiatique aux yeux verts". Elle ajoute : ...facilement identifiable !

- Que voulez-vous exactement ?

La cliente a déjà réfléchi à cette question car la réponse sort aisément.

- Connaître la vérité! Aussi cruelle soit-elle.

La réponse de Marie est sans appel. Elle veut comprendre et savoir pourquoi soudainement son conte de fées s'effondre. Ses yeux se remplissent de larmes. Tout avait pourtant si bien commencé... C'était... Il y a des années...

Avec Armand, ils s'étaient rencontrés à la faculté de lettres d'Angers. Il voulait devenir grand reporter. Et il avait toutes les capacités pour faire un parfait mari! Le sens du danger, mais les pieds sur terre, intelligent, mais pas trop (sa mère disait que les hommes trop intelligents étaient souvent suicidaires), beau, mais pas efféminé, une famille qui allait fatalement lui laisser des biens dans la capitale et quelques immeubles dans leur ville natale... un vrai prince charmant. Elle rêvait d'être une princesse-mère de famille. Tout s'était passé comme prévu. Le mariage en blanc, bien sûr, la robe, le voyage de noces... et puis, la maison, les enfants. Et petit à petit, Armand, travailleur et pugnace, s'était élevé dans la hiérarchie du journal local. Tout allait bien. Trop bien. Elle aurait dû se méfier. Elle aurait dû savoir que trop de bonheur se payait toujours. Sa stricte éducation pourtant l'avait souvent mise en garde d'un trop grand bonheur. Elle était heureuse, jusqu'à ce que... Mais c'en était trop. La jeune femme sanglote, triturant nerveusement un petit mouchoir de baptiste qu'elle avait brodé elle-même, lorsque, jeune fille dans l'école religieuse "des petites Maries", elle rêvait à son futur mari.

Roméo intervient.

- Allons, ne pleurez pas avant d'être tout à fait sûre du résultat de nos recherches ! Rien ne dit jusqu'à présent que vos doutes soient la vérité. Et d'ailleurs ! Êtes-vous sûre d'être prête à entendre la vérité ?

Un soupir :

- Oui, je le veux! Et elle sanglote de plus belle, se souvenant que c'étaient exactement les mots qu'elle prononçât en juillet, vingt ans auparavant, dans une petite église romane qui avait sanctifié leur bel amour : "Oui je le veux".

Bon dieu!

Gwendoline a le regard attiré par l'ardoise qui sert à écrire les fournitures à acheter pour le bureau, au fur et à mesure que le besoin s'en fait sentir. Roméo la tient audessus de la tête de la cliente et il a écrit de son écriture raffinée. "Le thé refroidit, patronne !" Il a pris le temps de faire les pleins et les déliés. Il lui suggère ainsi d'écourter l'entretien d'une affaire somme toute assez banale, avec des gens désespérément ordinaires. Gwendoline se secoue. L'émotion n'est plus de mise. Elle sent encore, à peine perceptible, la fragrance des croissants qui sont maintenant définitivement froids.

"Huummm!

Gwendoline a la bouche pleine de cette pâte tiède, qui fond contre son palais. Heureusement qu'elle s'est finalement laissée convaincre d'acheter ce micro-ondes. Il aura au moins servi à réchauffer cette magnifique gourmandise. Enfin! On peut dire qu'elle aura particulièrement mérité ce "*wonderfull*" croissant matinal.

La cliente est partie après avoir signé le contrat les liant. Mille francs par jour et les frais en plus avec une avance pour trois jours de travail. Roméo est optimiste. Il est sûr de boucler l'affaire en ce laps de temps.

- Mais voyons patronne! Un type qui fait cocu sa femme au point de ne plus la toucher, ça va être du gâteau ! Il rajoute, d'un air égrillard :

- Vous pouvez compter sur mon expérience en la matière! Le marlou* doit tirer son coup hors du mariage! On va le filer tranquillou de chez lui au journal où il bosse et du journal à l'hôtel minable où il baise sa secrétaire cagolisée* et l'affaire est dans le sac!

Gwendoline est, comme toujours scandalisée par les

propos grivois et libres de son employé. Le sens exact de "tirer" et "cagolisée" lui échappe probablement, mais elle a bien peur de comprendre ce qu'ils veulent dire avec précision. Elle se doit d'intervenir fermement et refuse d'accepter ses dérives langagières qui dévoilent en plus un Roméo qu'elle n'est pas sûre d'aimer.

- Non Roméo! D'abord, l'adultère n'est absolument pas prouvé. Si c'était aussi simple que cela, Mme Palomier aurait déjà mis la main sur des traces, comme des factures d'hôtel, de parking etc... Non, c'est avec douceur et discrétion que nous nous devons d'agir. Nous allons intervenir à ma façon et c'est sans appel!

- Mais, patronne...

Gracieusement, elle attrape sa tasse de thé et transgressant les consignes obsessionnelles de propreté de son secrétaire, elle la pose brutalement sur son bureau, qui se macule immédiatement d'un rond d'humidité. Bien fait!

Elle réfléchit un moment avant de donner ses directives.

- Je veux que vous vous fassiez embaucher dans ce fameux journal. Dans le service de votre choix, cela m'est égal, mais il faut absolument que ce soit un poste subalterne. Comme homme d'entretien ou chauffeur, vous voyez le genre? Il faut simplement que vous soyez sur place, c'est tout. De mon côté, je peux très bien écrire des articles et me transformer de nouveau en journaliste anglaise.

Roméo soupire.

Il a deux raisons pour râler. D'abord, il va devoir nettoyer et recirer le bureau de son chef qu'elle a certainement fait exprès de salir. Ensuite, il aurait bien voulu cette fois-ci être autre chose qu'un employé subalterne. Je sais pas moi... photographe de choc, rédacteur, voire journaliste reporter, des trucs qui sonnent bien quoi ! Sentant sa patronne peu ouverte au dialogue pour le moment, il décide de garder pour lui ses réflexions. Il oriente la discussion vers d'autres sujets.

- Elle est pourtant jolie femme, cette Marie. Enfin, c'est l'avis d'un homme qui ne voit que le côté esthétique, y'a rien de sexuel, attention! C'est une femme un peu fade, peut-être... Non ?

Gwendoline, gênée, ne sait que répondre.

- Je ne sais pas. Je suis une femme aussi et je ne sais pas juger de ces choses-là. Mais moi en tout cas, à sa place, je ne pleurerais pas et si jamais j'apprenais... L'ombrelle-épée qu'elle a saisie se transforme immédiatement en arme fatale et elle coupe sauvagement – "*ship!*"- la tige d'un tournesol qui ne lui avait rien fait.

Roméo se repousse un peu en arrière, prudent. Il pense : "D'Artagnan, je vais l'appeler d'Artagnan". Mais tout haut, il commente :

- Cela peut arriver dans un couple. Quelquefois, le désir disparaît. Et ce n'est pas obligatoirement définitif. Il y a des méthodes, des médecins spécialisés... Mais quand même, quand même, cela sent foutrement le cocufiage !

Gwendoline sursaute au - foutrement - et lui lance sévèrement :

- Je vous prie de garder vos propos scabreux pour vous! Les époux se doivent assistance et fidélité et c'est rompre le contrat social et divin que de n'en tenir pas cas.

Roméo ne répond rien mais Gwendoline voit bien dans son regard amusé qu'il n'est pas dupe.

- Évidemment, vous...

Furieuse, la jeune femme s'attaque à un autre tournesol, qu'elle décapite avec la même dextérité que le premier. La fleur tournoie dans l'air et Roméo d'un geste prompt la rattrape avant qu'elle ne touche le sol. Souriant, il met un genou à terre et tend la fleur à sa patronne d'un geste gracieux.

- Serviteur!"

Le bâtiment abritant le journal s'encadre dans le pare-brise de la voiture de l'homme. Celui-ci freine souplement et arrête son moteur. Il observe, rêveur, le calme qui se dégage de l'endroit. Un piaf picore dans une assiette que l'homme d'entretien, un poète, aimant les zoziaux pose spécialement pour lui. Toutes les nuits, de nouvelles graines remplacent celles que l'oiseau, les oiseaux, viennent manger. Des graines qu'il a achetées exprès.

Il sourit.

Les hommes!

Le volatile minuscule trie avec son petit bec et jette par terre les graines qu'il n'aime pas. L'endroit est tellement tranquille, le silence si profond qu'il entend distinctement les semences tomber au sol.

Il sait que ça, ce calme étrange dans ce lieu, cela ne va pas durer. Bientôt, dans quelques heures, l'animation sera à son comble. Des plus petits métiers du journal jusqu'à la direction, toute cette véritable ville, avec ses hiérarchies sociales, ses haines, ses réussites, ses petitesses et ses grandeurs, va se mettre en branle pour créer une fois de plus ce moyen formidable d'information qu'est un journal, un quotidien.

Il connaît sa vie, riche en évènements, mettant en cause des maires, des journalistes, des industriels, des promoteurs et même des gros marchands pris dans la tempête de la grande histoire. Comment dans ces temps où l'on croyait que plus jamais les guerres n'éclateraient, certains l'avaient confisqué à leur profit. Comment dans ces époques sombres, ce quotidien avait servi des mauvaises causes, salissant ainsi toute la profession ... oui, il pratiquait par cœur les moindres recoins de son passé. Il en connaît aussi tous les hommes et leurs fonctions exactes. La journée va s'acheminer vers la nuit et l'animation croître jusqu'au paroxysme. C'est la sortie du journal des rotatives, son existence enfin réelle. Avant d'en arriver là, il faudra que les reporters, les photographes reviennent au bâtiment, leurs enquêtes bouclées. Images et textes seront mis en page, relus, corrigés, commentés. Toujours l'actualité se doit d'être la plus chaude possible. Même brûlante ! Et puis, les rotatives et le monde de la nuit vont entrer dans la danse. Douze éditions, 250 employés, la machine est énorme, impressionnante, étonnante de lourdeur. Mais le moindre événement de par le monde peut, en un instant stopper cette mécanique. Et la "Première" remise en cause!

Enfin, au petit jour, ce sont les livreurs de Marseille et d'ailleurs qui prennent le relais. Un bout de la chaîne qui permet au lecteur de trouver jour après jour, son quotidien au kiosque tôt le matin.

Une belle machine. Oui, vraiment sublime. Et qui n'est pas conçue pour dérailler.

L'homme sourit.

Il est sûr de lui, il n'a jamais eu l'impression que le monde lui appartenait autant que ce jour-là. Il sort de son véhicule et claque bruyamment la portière. L'oiseau s'envole. L'homme le suit du regard jusqu'à ce qu'il disparaisse.

De toute manière, il n'a jamais vraiment aimé les oiseaux. Ils salissent les voitures.

Roméo est furieux. Comme il s'y attendait, c'est encore l'un des postes les moins prestigieux de l'entreprise qui lui échoit.

Livreur du journal.

"La con de Manon*!

En plus, comme si cela ne suffisait pas, Astrid, sa voisine suisse, est tombée amoureuse, la conne simplette ! Et forcément, elle est allée rejoindre son ami pour la semaine sur les bords du lac Léman.

Un douanier suisse!

Comme si c'était possible, ça! Tomber amoureuse d'un douanier et suisse en plus! Sûr qu'il vit encore avec sa maman, qu'il porte des pyjamas bien repassés, avec le pli et tout, et qu'il mange des flocons d'avoine, au petit déjeuner!

Roméo hérite donc de Nunuche, son rottweiler trouillard et affectueux, qui s'est déjà illustré lors de la fameuse enquête où pour la première et la seule fois il a secondé brillamment Gwendoline.

- La con de Manon!

C'est pourtant pas la bonne époque pour tomber amoureuse! C'est au printemps que les cœurs battent plus vite, c'est connu!

- Vive l'amour!

Dans la nature c'est là que les girelles raccourcissent leurs jupes, que les nombreux nombrils apparaissent ça et là, c'est pas pour rien, non! C'est aussi l'époque où les chattes sont en chasse et qu'elles miaulent atrocement dans les rues de Marseille à la recherche du matou adéquat!

Putain, Nunuche!

Roméo l'aime bien ce chien, bien sûr! Il est tout mignon, avec ses grands yeux de couillon qui n'a pas inventé l'eau chaude. Mais le détective supporte difficilement ses léchouilles amicales, chaudes et intempestives. D'ailleurs, qui pourrait le supporter ? Et puis il faut bien dire qu'il refoule d'enfer du goulot!

- Ce n'est pas de sa faute, il est très fragile du foie, argumente sa maîtresse.

- Ouais, tu parles! C'est plutôt que dès qu'on le lâche dehors, il fait toutes les poubelles du quartier et des environs!

Les maîtres de chien ne veulent jamais voir la vérité en face. Un jour le Noir avait même trouvé l'animal près de l'abattoir du quartier des Capucins, c'est dire! Il soupire... faudra pourtant faire avec!

Bien évidemment livrer le journal se fait à des horaires qui ne lui conviennent absolument pas (quatre heures du matin! c'est l'heure à laquelle il se couche d'habitude) et tout cela pour récolter quelques vagues rumeurs sur l'infidélité d'un rédacteur en chef en panne sexuelle (s'il en récolte!) et mettre la main sur une hypothétique asiatique aux yeux verts (mission plus qu'impossible avec un tel portrait robot!).

Tout cela pour les vapeurs d'une Anglaise hystérique qui, si elle ne mange pas son croissant à heures fixes, est un vrai "tronc de l'air"*, un boucan, qui salope exprès et à loisir le chêne ancestral du bois en posant son bol humide. Radasse*, va! Et qui n'est pas baisée du tout! Ni par personne, ni d'un côté, ni de l'autre. Et à qui ça ferait un bien fou, fatche*, de... Ah s'il n'aimait pas ainsi les hommes... Il lui rendrait bien volontiers ce service! Malheureusement la nature lui a donné le goût du pareil, de l'analogue, du similaire, du semblable, de l'identique, des mecs, quoi... et il ne se voit pas...

- Brrrr!"

Quelle horreur!

Il frissonne... oh, de toute manière, une femme qui porte de telles baskets ne peut pas s'attendre à des charges d'hommages masculins ininterrompues quand même... des fois, souvent, ils ont des goûts de chiottes, c'est entendu, mais tout de même ! Ce qu'il lui faudrait c'est rencontrer un daltonien totalement étranger à la couleur, un Indien inuit jamais sorti de son igloo glacé ou plus sûrement un martien égaré.

Enfin... Il était bon pour se lever à trois heures du mat! Lui qui comptait sortir ce soir au New-Cancan, haut lieu de la drague masculine marseillaise. Tant pis, cela serait pour une autre fois.

Mais c'est en fulminant que Roméo prend le chemin de la rue Thubaneau récupérer la terrible Nunuche.

De son côté Gwendoline n'est pas restée inactive. Elle a peaufiné son personnage d'intellectuelle et s'est mise dans la peau d'une romancière anglaise -lunettes de myope et cartable en cuir ciré - avant de se rendre au journal, dont les locaux se situent à l'autre bout de la ville. Fort heureusement, une station de métro dessert l'endroit. Car Gwendoline a bien inscrit sur sa liste de choses à faire avant 25 ans, le passage du permis de conduire, mais elle n'a pas encore eu l'occasion de s'atteler à cette lourde et ô combien difficile mission.

"Je voudrais écrire un roman noir sur Marseille, annonce-t-elle au portier blasé par des années de questions plus ou moins étranges. Mais il vit malgré tout un moment de surprise intense en laissant tomber son regard sur la paire de baskets de la péronnelle dont la couleur jure férocement avec le gris du béton. C'est sans rien montrer de son trouble, toujours aussi professionnel, qu'il renseigne l'Anglaise :

- Les archives sont ouvertes tous les matins sauf le mercredi, de 10 heures à 12h30. Voulez-vous prendre rendez-vous ?

Peu de temps donc, pour traîner dans les couloirs, mais la jeune femme compte bien le mettre à profit pour saisir une infime trace de l'infidélité du rédacteur en chef. Il y a toujours des rumeurs qui traînent sur les chefs de service. Elle s'apprête à déployer tous ses charmes sur le pauvre portier pour pouvoir aller se promener du côté des archives fermées à cette heure-là lorsqu'elle sent une main sur son épaule. Elle s'accroche fermement à son ombrelle, qui la quitte rarement, prête à découper l'intrus en rondelles. Comment, une main sur elle ?

- Je peux vous aider ?

Elle se retourne et fait face à … Armand. Le fameux mari volage que Marie Palomier lui a montré en photo. Il est charmant. Grand, brun, des yeux bleu en amande et un sourire très blanc -elle pense furtivement à un clavier de piano- l'homme paraît à peine effleurer la quarantaine. Il porte un superbe costume anglais, léger comme une plume, mais taillé! Sur une chemise vichy rose, une vraie gageure. Il n'y a que les Anglais, on a beau dire, mais pour les chaussures et les costumes, la coupe est toujours impeccable! Bon, bien sûr les Italiens aussi, ils ne sont pas mal, mais bon, "*please*", un peu de chauvinisme, pour une fois…

Très vite, Gwendoline se ressaisit et commence sa comédie :

- Oh, "*yes*" ! Vous pouvez certainement m'aider. Je m'appelle Linda Jonhson et je suis écrivain. Enfin, ajoute-t-elle avec un sourire charmant et en baissant pudiquement le regard, j'essaye d'être écrivain, je ne suis pas encore publiée. Mais j'ai bon espoir! On dit que j'ai du talent.

L'homme, sourire charmeur, acquiesce.

- Certainement! J'en suis persuadé!

Comme si cela se voyait sur la figure! En tout cas, si c'est le cas, pense-t-elle, tu te plantes mon ami ! Elle continue son cirque.

- J'aimerais... enfin je voudrais écrire un roman policier sur Marseille. Et... pour cela... j'aurais besoin d'accéder à vos archives où je suis sûre de trouver matière à inspiration. Mais le monsieur, là... dit-elle en pointant d'un doigt accusateur le portier,... m'explique justement que je ne peux pas y aller maintenant, que c'est fermé.

Le directeur jette un regard sévère au portier qui en a vu d'autres.

- Il a raison mon petit. Mais... il regarde sa montre, Oh, allez! J'ai bien 5 minutes pour vous montrer où cela se trouve. Venez avec moi.

Alors qu'il lui prend le bras pour la guider, il enchaîne :

- Je manque vraiment à tous mes devoirs! Je ne me suis même pas présenté. Je suis Armand Palomier, rédacteur en chef de ce journal.

Gwendoline hérissée de dégoût en sentant la poigne virile lui malaxer le bras, prend l'air époustouflé alors qu'elle a déjà jugé l'individu en question. Et ça dès l'instant où il lui a souri de toutes ses dents trop blanches et trop parfaites : c'est un "*pig*" et Marie a bien raison de s'interroger sur sa fidélité toute relative! Mais contrairement à ce qu'elle pense elle continue à flirter outrageusement avec sa prochaine victime.

- Ouh... susurre-t-elle. Chef ? C'est beau! Alors ? Tout est à vous ici ? Son regard fait le tour du bâtiment. Armand rit, modeste, mais flatté. Elle pense que c'est incroyable comme les hommes sont fats, prétentieux, superficiels. En fait, les manipuler comme des enfants, s'avère une opération d'une facilité dérisoire.

- Vous êtes une charmante petite fille, vous savez !

Une charmante petite fille ? Il est frapadingue ? Vierge, d'accord, mais... petite fille! Elle se revoie avec les tresses et les chaussettes blanches en train de sauter à la corde dans le jardin de la pension. Il continue à parader comme un coq.

- Non, je ne suis malgré tout qu'un employé, un cadre supérieur, bien entendu mais, au fond... tout de même un employé.

Oui, c'est exactement ça. Un coq! Voilà pourquoi on en trouve dans tous les petits villages de France! Et les Français en sont fiers ! Mais l'homme dupé par le sourire engageant de la rousse continue de plus belle. Il jette un regard intéressé sur les seins de la jeune femme qui semblent largement prometteurs. Il faut dire que Gwendoline vient de gonfler la poitrine, s'apercevant que l'homme avait le regard braqué dessus. Elle se souvient des conseils de maman Yasmina : "les hommes, y'en a qui regardent les fesses, et d'autres qui regardent les seins. Mais les plus dangereux, ce n'est pas ceux qui espinchent* les deux, non! Je te dis des bêtises. En fait c'est ceux qui te mangent l'iris avec des yeux de bogues! Il faut se méfier surtout des manjiapans* qui ne regardent que tes yeux! Oh ma belle ceux-là il te faut les fuir comme la peste, la castapiagna* et le choléra réunis!"

Donc, si elle a bien compris, avec celui-là, y'a pas de

danger potentiel. Ce sont les seins qui le passionnent.

- Si cela vous intéresse, je peux vous montrer la une de demain et vous expliquer comment marche un journal...

Il prend un air avantageux, elle le regarde avec un regard fasciné.

- Qui sait, dans l'avenir peut-être me mettrez-vous dans l'un de vos livres!

Tu parles, tu vas finir dans mes rapports, ouais ! Elle est obligée de souffler, au bord de l'asphyxie.

- "*Sure!*" Vous êtes si intéressant.

Sentant encore les doigts de l'homme sur sa peau, elle arrive à se contenir pour ne pas dégainer sa fameuse lame où est fièrement inscrit dans l'acier. "Viva la muerte!". S'il fait un geste de plus..., pense-t-elle en serrant le manche de son ombrelle.

Quant à lui, complètement "*border line*", inconscient du danger qu'il court, il n'est que sucre et miel, ravi de sa bonne aubaine fortement probable. C'est un vrai sportif. La chasse, il n'y a que ça ! Et la chasse à courre. Il comprend mieux les nobles qui s'adonnaient à ce sport de caste. L'Anglaise est fortement à son goût, une biche... une véritable biche! Mais, ne peut-il s'empêcher de penser, un peu jeune. Et puis... Elle est probablement mieux nue qu'habillée, vu ce qu'elle porte aux pieds!

Chacun perdu dans ses pensées et un sourire collé aux lèvres, ils avancent de concert vers l'ascenseur.

- Mon bureau est au second.

Les portes s'ouvrent et le couple monte. Au premier, l'ascenseur stoppe souplement. Un homme s'engouffre dans la cabine, tête baissée. Lorsqu'il la relève, Gwendoline manque défaillir. Un coup de poing dans le ventre, une chaleur monte dans ses reins. Elle se sent rougir. Il est le type même d'homme qu'elle aime. Non, c'est même plus que cela. Il est tout simplement l'homme qu'elle aime, l'homme de sa vie, elle le sait, c'est comme cela, une évidence, cela ne s'explique pas, l'amour, cela s'impose. Elle l'a reconnu, c'est tout. D'un simple regard sa vie bascule.

L'homme, probablement proche de la cinquantaine, dégage une impression de force, de calme. Les tempes grisonnantes, les pattes aux joues burinées par le soleil, l'œil de velours, profond, son charme est tel qu'il fait passer Armand pour un pâle séducteur de supermarché de banlieue. Même les vêtements qu'il porte le distinguent de ces pairs. Simple tee-shirt Dim blanc que recouvre une surchemise, style bûcheron, avec des motifs écossais, un 501 usé par le temps qui lui moule les fesses parfaitement, l'homme semble choisir ses habits pour leur confort. Gwendoline n'ose pas laisser son regard s'attarder sur ce jean si bien dessiné et laisse ses yeux descendre jusqu'aux pieds de l'aimé, où elle découvre une paire de Timberland.

Dans sa précipitation à entrer dans la cabine, l'homme la bouscule très légèrement et s'en excuse immédiatement:

- Pardon!

Sa voix possède un ton mâle, très viril. Un pur baryton. Exactement une voix qui la séduit. Mais n'aurait-il pas un quelque chose que je n'aimerais pas tout de même? Il soutient du regard Gwendoline qu'il semble pourtant à peine voir. Il sent la cannelle, la menthe et l'orange.

- Ah tu es là ?

En revanche, son attention se porte exclusivement sur Armand, tuant aussitôt dans l'œuf le sourire blanc de ce dernier. Sa voix quand il s'adresse à son patron est peu amène, pour le moins. Il est très sec et l'on pourrait penser que c'est lui le chef. Le "Ah tu es là" tombe lourdement. Le rédacteur en chef reprend l'avantage. Enfin essaie de rétablir l'équilibre en sa faveur.

- Bonjour.

Il tend une main molle que l'homme regarde un moment comme si c'était une limace, puis qu'il serre, rapidement, sans répondre, et attaque.

- Ça tombe bien, je te cherchais. Dis moi, l'histoire des kiosques, c'est réglé à ton niveau ? Armand frissonne.

- Parce que moi, en bas, j'ai fait le ménage. Sa voix maintenant est chaude, sensuelle et Gwendoline pense qu'elle pourrait l'écouter des heures, parler de tout et de rien. De cet avenir riant qui s'offre à eux, de cette maison qu'un jour ils partageront, ici ou ailleurs, Malmousque, Estaque ou Pointe-Rouge, qu'importe, mais c'est elle qui décorera le salon, ça elle y tient! De la coqueluche du petit dernier, ou des poux que l'aînée a ramenés de l'école, parce que, hé bien oui. Des enfants que... Trois ou quatre? Elle se languit de ces discussions sur le fait qu'avec trois déjà, ça suffit... oui, non... tu sais chéri à notre âge et si nous profitions un peu de la vie ? Bien sûr, d'avoir un quatrième enfant cela serait... épatant! Surtout que nous avons deux filles et un garçon, cela ne fait pas un compte rond... et à quatre c'est parfait pour jouer à la belote... et pourquoi pas une équipe de football… hi, hi, hi… tu es bête chéri… mais un petit voyage dans les Caraïbes… et hop, le tour est joué… la mer chaude, les langoustes, le sable blond, la sieste tous les deux dans le grand lit aux draps blancs… pendant que l'air chaud agite mollement la moustiquaire, refuge soyeux contre le monde. Une douce chaleur envahit son bas ventre, il faut qu'elle se reprenne, elle tombait déjà contre lui, hypnotisée par ses rêves.

Elle est subjuguée et vogue dans cet avenir rose où les guerres, le chômage, la maladie, la méchanceté des hommes n'existent pas puisque l'amour est là, devant elle.

Armand lui, semble beaucoup moins sensible qu'elle au charme du bûcheron de son cœur. C'est flagrant les deux hommes se haïssent cordialement.

L'amour de la vie de Gwendoline fixe droit dans les yeux son interlocuteur, qui, sous son œil assassin, se trouble. Et moi ? se plaint silencieusement la jeune Anglaise. Je veux que l'on me regarde aussi avec cette intensité-là. Mais avec plus de sucre dans l'intention. Le chef du journal balance, cassant :

- Ça va Mathieu, c'est pas le moment. On en reparle plus tard.

Mathieu… Il s'appelle Mathieu… comme un mat, elle frissonne à son tour à son évocation. Son esprit s'égare… Mathieu, c'est un apôtre, un homme de devoir, car, si ses souvenirs sont exacts, lorsque Jésus lui dit : “Suis-moi“, le Mathieu biblique quitta tout, probablement sans même se retourner sur le monde dans lequel il vivait. Et si…

Elle murmure…

- Suis moi...

Personne ne lui prête attention. Heureusement! Mais elle aura essayé! Si jamais il avait entendu et l'avait suivie. Comme il avait suivi le Christ en son temps... oui, elle aussi est entièrement prête à le suivre au bout du monde... Mathieu était à l'époque un employé des douanes. Et ce Mathieu-là, que fait-il donc pour ce prestigieux journal ?

La tension entre les deux hommes est toujours vive. Le bel homme ne s'en laisse pas compter par le ton agressif, il répond :

- Pas le moment, pas le moment... C'est quand le moment ? Les 3 000 exemplaires qui disparaissaient quotidiennement ont réintégré les kiosques restés honnêtes. Et vous, de votre côté, qu'est-ce que vous avez fait ? C'est vrai que vu d'en haut les choses ne doivent pas paraître aussi difficiles !

Armand blêmit car la voix s'est faite encore plus caustique. Il regarde la jeune fille, navré, voyant ainsi sa proie lui échapper.

- Excusez-moi mademoiselle, mais je ne vais pas pouvoir vous faire faire le tour du propriétaire comme promis.

Il montre son interlocuteur du pouce.

- Des ennuis. Des casse-pieds qui ne savent pas rester à leur place.

Gwendoline trouve cela incroyablement vulgaire. Le pauvre Armand s'est déjà considérablement dévalué à ses yeux. Déjà qu'au départ elle avait un sacré préjugé, alors maintenant...

- Un autre jour peut-être ?"

Les portes de l'ascenseur s'ouvrent et se referment sur le dos indifférent des deux hommes. Gwendoline est seule, seule avec son amour.

Elle a une terrible envie de faire pipi.

Roméo franchit les grilles du parking du journal derrière une Alfa 156 rouge dernier modèle. Impressionné il siffle longuement. Il aime à la folie les belles voitures, souvent elles renferment des hommes au diapason. Quand ce ne sont pas des cagolasses* terribles des quartiers qui sentent le fric, Prado-Paradis. Ce qui n'est pas sans intérêt non plus. Enfin... sociologiquement s'entend. Car la cagole* n'a pas d'odeur! En effet, il y en a partout! Dans tous les milieux. Ce n'est pas une question d'argent. On naît cagole comme l'on naît blonde ou brune, ou bien...rousse.

"T'as vu Nunuche, ça rapporte le journalisme, non ? Le chien ne répond pas, complètement endormi.

Le jeune homme conduit quant à lui sa merveilleuse Golf cabriolet et n'a pas eu le cœur de laisser la chienne chez lui, toute seulette. Il est plus exact de dire qu'il n'a pas réussi à s'en débarrasser. Il avait bien essayé. Mais devant les hululements désespérés de l'animal, il avait craint qu'elle ne réveille tout le quartier sinon tout Marseille. Et puis, il faut le dire, malgré sa profession de détective, il a le cœur tendre et le regard de l'animal, quand on le laisse attendrirait un bourreau de Béthune. Il s'était donc résolu à amener avec lui le gros animal bêlant. Oui, car il n'était pas vraiment sûr qu'il soit réellement chien. Au fond, elle lui tiendrait compagnie et garderait la voiture pendant qu'il livrerait le journal.

- Tiens, on va se planter juste à côté.

Alors que le parking est pratiquement désert à cette heure-là, le jeune homme se gare à côté de l'Alfa qui, juste devant lui, vient de trouver sa place.

- Bonjour.

L'homme, un quinquagénaire aux tempes grisonnantes prolongées par des pattes un petit peu ringardes de l'avis du beau Noir, “mais bon, tout les goûts sont dans la nature” salue notre couple.

- Bonjour-bonjour, chantonne Roméo. Il s'avance pour lui serrer la main. Je suis un nouveau de la distribution. Je m'appelle Roméo.

Sourire bref, mais charmant.

- Ah, c'est vous le nouveau ? Et bien... bienvenue au journal!

Il observe en prenant son temps Roméo.

Puis il reprend.

- Moi, je suis Mathieu Campi et je suis le responsable de la distribution. Vous verrez tout cela, votre job, ce n'est guère difficile. Vous allez vous y faire très rapidement. La seule difficulté c'est de se lever tôt.

Roméo grimace. Lui rit, belles dents!

- Surtout à votre âge. Je suppose que vous sortez beaucoup, hein? Alors forcément, c'est un peu dur. Moi, à 20 ans, personne ne m'aurait fait lever avant midi. Donc, je suis compréhensif. Compréhensif, mais chef de service.

Nunuche, quant à elle, est trop occupée à bailler - J'ai sommeil, j'ai sommeil, j'ai sommeil !- et à renifler d'un air concupiscent le pneu de l'Alfa pour prêter attention à ces civilités. "Mais pourquoi m'a-t-on levé si tôt ? Joli pneu".

L'homme ouvre son coffre pendant que Roméo essaye de bricoler une laisse pour la chienne à l'aide d'une ficelle trouvée dans sa boîte à gants.

- Con à la voile*!

Une exclamation fuse et Mathieu change de visage. Son teint en une seconde est devenu gris. Il se fige en regardant d'un air horrifié le contenu de son coffre. On dirait qu'il a vieilli de dix ans.

Roméo, poussé par la curiosité, s'approche et jette un oeil dans l'habitacle. Celui-ci est rempli de sang noir en train de sécher. Le corps sans tête d'un animal de petite taille, probablement un chien, pense immédiatement l'apprenti détective, gît dans ce cercueil improvisé. Sur le poitrail de l'animal est épinglée une photo 13/18 d'une jeune fille qui sourit au monde, confiante, devant un palmier qu'on dirait planté le long d'une plage niçoise, voire californienne. Et ce sourire franc et heureux, cette douceur de l'air, en opposition à tout ce sang, est terrible.

Mathieu referme brutalement son coffre. Il est livide dans la lumière du réverbère.

- Qu'est-ce que c'est ? interroge Roméo. C'est horrible!

C'est étonnant, mais la force et l'horreur de la scène pénètrent maintenant son esprit.

- Ce n'est rien, une mauvaise blague, grommelle l'homme. Des imbéciles ont voulu me faire une mauvaise blague. Oubliez ça, vous n'avez rien vu. Compris ?

Les derniers mots sont jetés avec force et agressivité. L'homme ne rigole pas.

Il lui tourne le dos et d'un pas vif rejoint le quai de chargement qui longe les rotatives.

- Drôle de blague, s'exclame lugubrement Roméo. Tu ne trouves pas Nunuche ?"

La chienne fait preuve de son à-propos habituel. Elle n'a rien vu, rien senti et se délecte de pisser enfin sur l'objet de son désir, la roue immaculée de l'Alfa couleur sang.

À dix heures tapantes, Gwendoline est devant la porte des archives.

Elle a passé une nuit abominable. Elle a en vain cherché le sommeil, terriblement tourmentée par l'image virile de Mathieu quittant définitivement l'ascenseur et sa vie. Elle s'est imaginée de nombreux dialogues spirituels où son sens de la répartie, l'intérêt et la richesse de sa conversation, et même la tonalité de sa voix ensorceleuse auraient définitivement séduit l'homme. Mais... craaaaac! à chaque fois, son rêve se heurtait à la réalité : elle, stupide et rougissante, le cœur brisé, abandonnée dans un ascenseur dont la porte se refermait inexorablement sur ses rêves, sur sa vie, avec la brutalité du sécateur coupant la tige de la rose en fleur.

Oui! Craaaac!

En plus, Roméo n'était pas là pour lui fournir ses croissants du matin, puisqu'il distribuait le journal et elle avait dû se contenter d'un vieux Doughnuts moisi acheté dans un petit supermarché la veille. Pour finir, et pour comble de malheur, son très pratique et même indispensable brumisateur d'eau, était vide.

Elle avait découvert cette façon originale et agréable de s'hydrater la peau après avoir entendu la publicité à la radio. Elle avait été séduite par la promesse formidable, que les microgouttelettes du produit allaient assurer le développement harmonieux des nombreuses petites cellules qui composaient sa peau de pêche. Elle soupire longuement. Oui, être une femme n'était pas chose facile ! Ce matin, donc, ses cellules ne pourraient pas se nourrir comme à l'ordinaire, l'épanouissement espéré ne se produirait pas... On frôlait le drame ! Et la série noire continuait ! En sortant de chez elle, elle avait taché de manière irrémédiable sa basket gauche dans une déjection canine :

"*Shit!*" Pour une fois, l'interjection était des plus appropriées.

Les villes semblaient toutes souffrir de cette étrange besoin qu'avaient les hommes de prendre des animaux de compagnie qui forcément produisaient des déchets. Elle était seule, elle-même et n'avait aucune envie de se pacser avec un chien, un chat, voire un canari. Bien sûr, si un certain monsieur qu'elle avait croisé dans un ascenseur et dont elle avait rêvé toute la nuit condescendait à lui faire une proposition du genre... "On se marie, ma poule?" elle lui aurait immédiatement fait une place dans son lit... et dans son cœur. Encore que dans son cœur, il y était déjà, et solidement installé ! Le malotru de squatter ! On ne peut rien faire contre cela. Quelquefois, dans les méandres de son âme quelqu'un s'installe là, à l'aise, comme un chat ronronnant. Pour l'en déloger, il faut lui en détacher les griffes une à une ou posséder un cœur sec ou encore une force de caractère proche de la schizophrénie.

Mais pour que les rêves se réalisent, il faut y mettre du sien, le bonheur est une forme supérieure d'intelligence.

Elle avait pris du temps pour se préparer, espérant bien croiser de nouveau l'homme de ses fantasmes et de ses voeux. Elle avait donc revêtu une jolie robe de mousseline verte qui faisait ressortir harmonieusement sa peau fragile et très légèrement hâlée de rousse flamboyante. En effet, en s'observant ce matin dans sa glace, elle s'était aperçue qu'elle avait un peu bronzé, enfin un tout petit peu. Malgré sa démarche de sioux pour éviter les flaques de soleil brûlant du sud, l'ombrelle salvatrice et toutes ses précautions crémesques, ce sacré astre divin avait déjoué toutes ses précautions pour la couvrir d'un hâle caramel clair. Finalement, elle avait dû convenir que cela lui allait plutôt bien. Il faut bien dire que ça faisait ressortir, de façon magnifique, ses yeux verts. Pour fêter ça, elle avait attrapé sa paire de baskets orange, qui, ainsi en avait-elle décidé, lui portait bonheur, puisque c'était la première qu'elle s'était offerte à Marseille.

Aujourd'hui, six paires supplémentaires avaient déjà rejoint la première et les dix-sept autres arrivées par la Poste. Et en parlant de ça, elle se promettait, en fin de journée d'y adjoindre de nouvelles chaussures. En effet, elle avait repéré une paire splendide dans une marque qu'elle ne connaissait pas, en plein Centre Bourse, l'endroit idéalement placé pour un petit shopping rapide entre deux enquêtes géniales et passionnantes. Un peu chère, certes, mais comme disent les Français quand on aime, on ne compte pas!

Pour parfaire le tableau, elle avait noué ses abondants cheveux avec un chouchou turquoise qui jurait délicieusement avec l'ensemble. Elle était donc prête pour LE revoir!

Mais à 10 heures, devant les archives qui restaient désespérément fermées, elle sentait sa confiance en elle s'effriter comme une glace moitié-moitié, vanille-pistache, fond au brûlant soleil de juillet sur la plage des Catalans, face au Cercle des Nageurs.

"Je peux vous aider ?

La voix est douce. Un vieil homme se tient devant elle et n'a rien à lui envier pour son originalité d'insulaire. Les cheveux blancs sont longs et attachés par une broche navaro en argent, rehaussée de turquoises. Une paire respectable de moustaches blanches soignées coupe le visage en deux. Il porte une lavallière noire en soie élégamment nouée en guise de cravate. Le costume est strict et discrètement décoré, sur la poitrine, légèrement à gauche, d'une minuscule médaille militaire. Le vieux monsieur est de petite taille et boite. Il s'aide pour se déplacer d'une canne en ébène au manche d'argent sculpté, représentant un symbole ésotérique. Une roue dans lequel s'agiterait une main tenant une truelle. Enfin, c'est à peu près ce que l'on voit du manche précieux.

L'œil est bienveillant et le sourcil droit levé attend une réponse. Gwendoline reconnaît en ce vieil original un semblable, un frère. Elle aime immédiatement le personnage, qu'elle sent sensible, cultivé, intelligent, curieux.

- C'est un père ou un grand-père comme celui-là, qu'il

m'aurait fallu... et qu'il me faudrait encore!

Car Gwendoline n'a pas connu son père. Sa mère n'a jamais voulu lui en parler, il y avait là-dessous un secret dont les familles anglaises sont friandes... et comme sa mère est décédée (paix à son âme), à ce jour il y a peu de chance qu'elle sache un jour qui était son père... ce héros mystérieux au sourire si doux.

- Oui, bonjour. Elle lui tend une main dont le vieil homme se saisit prestement pour y faire un superbe baisemain. Et tout cela sans poser ses lèvres dessus. Vraiment impeccable! Oh comme c'est charmant! C'est comme au cinéma, dans le film muet avec Eric Von Stroheim, raide comme un piquet, quand il est le valet de l'actrice vieillissante!

"Non! Jamais personne ne m'avait fait ça, un geste vraiment ravissant!" pense-t-elle.

- Je suis positivement enchanté de vous rencontrer! Vous pensez, une jeune femme charmante comme vous, et si...

Coup d'œil malicieux sur les baskets.

-... Surprenante!

Elle lui sourit, rosissante devant le compliment implicite et inattendu.

- Je m'appelle Linda Jonhson et je suis écrivain. Je voudrais écrire un roman noir sur Marseille et cherche donc à me documenter sur les faits divers, certainement curieux, qui se déroulent en cette ville.

L'homme la toise avec professionnalisme, puis avec un geste élégant l'introduit dans son bureau.

- Entrez, entrez, vous n'allez pas rester dehors, avec

cette chaleur!

Son bureau lui ressemble, évidemment. Une table en acajou, somptueuse sur laquelle trône des coupes sportives, une tête humaine réduite, une sculpture presse-papier en métal précieux, trois stylos-plume de prix, alignés comme à la parade, un sous-main en cuir vert... les murs aussi reflètent la personnalité du vieil original. Rempli de gravures anciennes, mélangées avec de petits tableaux érotiques.

- Vous cherchez quel type de faits divers exactement ? Je suis le spécialiste ici! Le Belge, Zampa, Guérini... et même Carbone et Spirito! Le milieu marseillais n'a aucun secret pour moi.

Il lui faut quelque chose de plus général sinon l'homme va lui trouver ça en quelques minutes, et elle a besoin de temps, il est impératif qu'elle puisse traîner là pendant quelques jours. Pour l'enquête, bien sûr... mais aussi pour séduire l'homme de sa vie. Un challenge qui risque de prendre un peu de temps que de débusquer la maîtresse asiatique de l'affreux rédacteur en chef!

- Oh! Merci beaucoup mais tout ceci est trop compliqué pour moi et même... historique. Je cherche plutôt les faits divers crapuleux, banals : vols à main armée ou pas, casses, cambriolages, rackets d'écoliers, dealers, petits trafics, le tout-venant quoi! Qui me permettrait de faire travailler mon imaginaire.

Il sourit en agitant la main.

- Ouh la la! Ça ne manque pas ici! Vous savez, la petite délinquance c'est un puits sans fond, vous n'allez pas être déçue, jolie Linda!

Il lisse la pointe gauche de sa moustache d'un air avantageux.

- Je vais vous trouver un échantillon de ce que vous voulez. D'ailleurs, pendant que je me lance dans une recherche plus ciblée pour vous, vous devriez en profiter pour rencontrer le fait-diversier du journal...

Elle ne comprend pas le mot :

- Le quoi ?

Il sourit et se redresse comme font souvent les gens de petite taille.

- Le journaliste qui s'occupe exclusivement des faits divers.

Sortant de sa poche une magnifique montre à gousset en argent, il ajoute avec un soupir qui signifie plein de trucs sombres, mais elle décode tout de même là-dedans, que les jeunes journalistes aujourd'hui...

- À cette heure-là de la journée, vous le trouverez certainement à la machine à café du deuxième étage.

Elle ne peut s'empêcher en se retournant d'être flattée de sentir le regard du vieil homme sur ses jambes. Aujourd'hui particulièrement, où elle a tellement besoin de se sentir belle et surtout désirable, tout hommage masculin est délicieusement bon à prendre! Et tant pis pour le péché d'orgueil!

Pauvre Gwendoline, amoureuse de ce Mathieu... Un vieux! Elle se complaît dans des jérémiades masochistes en prenant l'ascenseur, un symbole déjà dans cette histoire qu'elle est seule à vivre.

“Je pourrais pourtant rencontrer quelqu'un de mon âge quand même, avec les mêmes désirs, les mêmes ambitions, les mêmes besoins... Et bien non! Il faut croire que ce serait trop simple! Alors que me voilà maintenant prête à tout pour un homme merveilleux mais ô combien énigmatique, qui n'ose même pas porter ses yeux sur moi de peur de succomber... “*Because, I'm sure...*”

Quand la porte s'ouvre, un brouhaha excité l'accueille et met brutalement fin à sa rêverie. Une cohue joyeuse. Une vingtaine de bureaux occupe une grande partie de l'étage aménagé en open space. Des ordinateurs allumés en permanence dévoilent des fonds d'écran des plus variés et pas toujours du meilleur goût. Photos de famille ringardes, images de l'animal préféré, de femme plus ou moins dénudée, de plage paradisiaque, de ciels enneigés, voire du dessin de son petit dernier, vous savez celui qui a renversé de l'encre sur la chaise de la maîtresse, hi, hi, j'ai bien cru mourir de rire, mais elle n'était vraiment pas contente. Oui, bien sûr, un sacré diablotin, mais il a du talent, non ? Regardez-moi ça! Il l'a fait pour la fête des mères. Et encore vous n'avez rien vu, si vous aviez vu l'année dernière le collier de pâtes!

L'ambition primaire côtoie là une régression parfois pénible.

On sent que l'ambiance est extraordinaire, il doit se passer un événement particulier pour que les journalistes, qui, tous, se font une gloire de n'être plus étonnés par rien, soient autant excités. Ils s'interpellent, rient, s'engueulent amicalement. Gwendoline sourit et tente de se repérer parmi ce chahut de chambre de bidasse.

Alors qu'elle avance entre les bureaux, une femme proche de la quarantaine, juchée sur des talons impressionnants par leur finesse – mais comment tient-elle là-dessus ? – la bouscule sans s'excuser.

D'une voix suraiguë, elle s'exclame :

- Il est là, il est là! montrant du doigt un endroit de la pièce, derrière Gwendoline. Une certaine émotion semble alors secouer la rédaction, on se bouscule, on s'interpelle. Cette houle soudaine lui fait presque peur. L'Anglaise se retourne. Un attroupement s'est formé près de l'ascenseur. En émerge un jeune homme suivi par un autre, caméra au poing qui filme le moindre de ses mouvements. Une autre voix féminine atteinte d'hystérie et qui dépasse tout le brouhaha, s'exclame :

- C'est bien lui! David! C'est David du Loft! Mon dieu! Mon dieu! David!

Comme toute la rédaction, poussée, tirée, Gwendoline s'approche du jeune homme aux cheveux mi-longs et aux yeux rieurs. Elle tente d'attirer, curieuse, l'attention de sa voisine la plus proche, une belle brune de 30 ans :

- Excusez-moi madame... mais...

Bref coup d'œil, il faut qu'elle insiste lourdement :

- Mais... je suis étrangère... je ne suis pas de ce pays... pourriez-vous me dire... qui est-ce? Peut-être un jeune écrivain de renom, un acteur américain célèbre, un sportif de haut niveau ?

La brune la regarde éberluée.

- Comment ? Vous ne connaissez pas notre David ? Oui,

le nôtre! Il est de la région vous savez! Et il est sorti le premier du Loft. Avec lui, le journal tient enfin une sacrée bonne "une".

Elle se penche pour une confidence :

- Et d'ailleurs, c'est notre plus ancien grand reporter qui va l'interviewer. C'est le moins que nous pouvions faire, non ?

Gwendoline, n'ayant pas la télé ne comprend absolument pas de quoi elle parle, mais elle fait semblant, la journaliste a l'air tellement émoustillée.

- Oui, bien sûr.

C'est ce moment-là que choisit Miss "hauts talons" pour s'avancer hors de la foule, agripper fermement le bras de David et d'une voix rendue encore plus aiguë, si cela était possible, par l'émotion, déclarer solennellement:

- David, vous êtes notre héros national!

Pendant que le jeune homme secoue son bras pour décramponner la sangsue qui s'y agrippe, les journalistes maintenant serrent le couple à l'étouffer. Instinctivement l'homme à la caméra coupe et crie :

- C'est trop bon, les enfants! On la refait pour être sûr de l'avoir en boîte, hein, vraiment au cas où! Ça va être super génial!

C'est alors que Miss "pilotis" lâche la manche du jeune homme et part en faisant le moulin avec les bras sur une table surchargée de papiers divers. Sous le poids inaccoutumé le bureau crie grâce et s'écrase, deux des pieds ayant cédés. La jeune femme se retrouve cul par-dessus tête et tous les journalistes s'esclaffent en choeur lorsqu'ils réalisent que leur collègue qui représente le sexy et l'érotisme du bureau, porte en fait des culottes de coton à imprimés à fleurs.

"Marks & Spencer" identifie immédiatement Gwendoline. C'est un modèle qu'elle a elle-même acheté il y a deux ans de cela.

Le roi du jour rigole en voyant la journaliste s'effondrer et répond au caméraman en pointant un doigt moqueur en direction de la journaliste :

- Je ne sais pas si ça va être vraiment possible!

Gwendoline est vraiment éberluée par la spontanéité de la télé réalité. Tout ne serait donc que mensonge dans ce monde de l'information ? Alors que David et la cour qui l'accompagne partent à la découverte de la rédaction avide, son regard est attiré par deux hommes qui ignorent royalement l'agitation superficielle et tumultueuse qui règne de l'autre côté de la salle. De temps en temps, ils jettent un œil sur le brouhaha en se marrant froidement.

Gwendoline sourit en pensant à ses héros préférés du cinéma d'avant-guerre, Laurel et Hardy. Car les deux hommes qui discutent leur ressemblent indéniablement. L'un est maigre comme un clou quant à l'autre, il déborde de partout dans ses vêtements trop petits. Mais ils semblent partager le même regard sur l'agitation qui secoue leurs collègues ; c'est avec un mépris évident qu'ils les jaugent.

Pour rejoindre les deux hommes, la jeune femme est obligée de contourner un large bureau. Elle arrive donc, sans le faire exprès dans leur dos ; ils ne se rendent pas immédiatement compte de sa présence et continuent leur discussion.

- Putain, t'as vu ça! On fait quand même un bien joli métier!

Le gros approuve :

- Tu l'as dit! Moi, ça me dégoûte! Regarde miss Piloti... quand je pense qu'elle se croit irrésistible!

Là, ils ne peuvent s'empêcher de se marrer copieusement devant le tableau.

- Moi l'ânerie me défrise et me fait plutôt débander.

Il a un geste explicite vers sa braguette.

- C'est comme moi, j'ai besoin de serrer de la matière, bordel! Ce que j'aime dans une femme, c'est cette flamme vive dans le regard qu'on appelle l'intelligence. Rien de plus déprimant que de baiser une grosse qu'a rien dans le cigare et tout dans le cul.

Ils laissent tomber les femmes pour parler boutique. Ils sont furieux après leur direction, le sens général dans lequel va le journal, ne leur plaît pas. C'est le gros qui est le plus en pétard des deux.

- Et l'histoire des kiosques que l'on tente d'étouffer! Tu crois pas ça, non! J'ai rigolé pendant toute la journée.

Son attitude dément ses propos, il ne rit absolument pas. Le maigre se penche pour mieux entendre.

- Ah oui, j'ai entendu des trucs là-dessus, mais j'ai pas réussi à avoir toutes les infos. En fait qu'est-ce qu'il s'est passé réellement ? Toi qui sais toujours tout, si tu pouvais m'affranchir un peu!

Gwendoline tend l'oreille. Ce n'est pas dans son âme

d'Anglaise d'espionner comme ça, et c'est même contraire à la stricte éducation qu'elle a reçue, mais pour son travail de super-détective, elle se doit de prendre sur elle. Il lui a bien semblé que ce sujet était au cœur de la conversation qui avait tant troublé le rédacteur en chef, hier, dans l'ascenseur, quand elle avait rencontré l'homme de sa vie.

- Ah oui, les kiosques! C'est le genre d'info dont le Canard enchaîné est friand. Je te jure que si quiconque en dehors du journal apprend ça, on est mort! La combine était simple pourtant.

Elle est obligée de s'approcher car il a baissé la voix.

- Les mecs de la distrib fauchaient quelques milliers d'exemplaires du journal qu'ils écoulaient avec la complicité de quelques kiosques et le soir ils n'avaient plus qu'à partager les bénefs.

- Putain!

Le maigre est scotché par les révélations de son confrère.

- Ouais, tranquille! Tu comprends bien qu'il n'y a pas eu d'arrestations. Tout au plus quelques mises à pieds. Mathieu t'en parlerait mieux que moi, ce sont ses équipes après tout qui ont été mouillées. Mais tu comprends... on lui a intimé l'ordre d'oublier, tu vois... Quant à la direction, il ne lui reste plus qu'à brûler des cierges à la Bonne Mère pour qu'aucune information ne parvienne jusqu'à un autre journal.

Le maigre est tout excité.

- Putain Marco! Cette histoire, ça craint, non? T'as raison, on fait vraiment un joli métier! J'arrive pas à croire qu'on étouffe un truc pareil ! Mais c'est entièrement fini?

Le gros secoue la tête.

- Non, les Renseignements Généraux, ce sont eux qui ont fait le boulot. Ils ont infiltré la distrib... on sait pas s'il n'y en a pas encore...

- Ah ouais, c'est pour ça que...

Gwendoline commence à trouver complètement gênant cette écoute on ne peut plus déplacée et décide de se montrer avant d'être découverte.

- Hum, hum, excusez-moi messieurs de vous déranger ainsi, mais je cherche un certain Mister Marco!

Les deux hommes se tournent vers la jeune Anglaise, l'évaluent en silence, puis se regardent en souriant d'un air complice.

Gwendoline pense Oui, ce sont vraiment Laurel et Hardy!

C'est le gros qui lui répond.

- Vous voulez dire que vous cherchez Marco ? Le roi incontesté, incontestable du faits-div'? Alors là, on peut dire que vous avez de la chance parce que vous l'avez devant vous!

- C'est vous ?

- Oui.

Il interroge gentiment.

- Que puis-je faire pour vous ma belle ?

La belle rougit imperceptiblement.

- Beaucoup. Je m'appelle Linda Johnson. C'est le vieux monsieur des archives qui m'envoie. Je cherche à écrire un roman sur Marseille et à m'informer sur les faits-divers les plus crapuleux pour m'en inspirer. Et le monsieur à la canne, en bas, aux archives... Il m'a conseillé de venir vous voir.

- Il a bien fait.

L'homme réfléchit une seconde avant de prendre une décision.

- Ça vous dirait de pêcher directement dans la mare ?

Qu'est-ce que c'est ? On lui propose d'aller à la pêche? Décidemment ces Marseillais sont des rigolos :

- Dans la mare ? Pêcher ? Vous savez, moi, les poissons...

Les deux journalistes rigolent de sa méprise.

- Oh, c'est une façon de parler. C'est pour les faits-divers. Si vous avez le temps je vous embarque avec moi. Je dois passer à l'Évêché, pour ma moisson du jour, comme ça vous serez immédiatement plongée dans le vif du sujet.

Elle réfléchit une seconde.

- Alors, qu'est-ce que vous en pensez ?

Il ne lui faut pas longtemps pour se décider :

- "Let's go!"

Et sous l'œil amusé du Laurel du journal, ils prennent le chemin des ascenseurs. "Mais pourquoi je fais ça ?" Effectivement, elle est venue pour enquêter sur un adultère et non sur un fait divers sorti de nulle part. Puis elle a rencontré l'amour, hasard du sort. Et maintenant, au lieu de traîner ses baskets dans les parages du journal guettant de son œil quasi-bionique l'adultérin ou mieux son amoureux volatile, elle part avec un gros dans un endroit plein de bobbies marseillais... Parfois elle ne se comprend pas, ce n'est vraiment plus la bonne vieille Gwendoline, sûre d'elle, le cœur dur qui ne craint dans la vie que le soleil trop fort et le manque de croissant matinal. Ce n'est plus qu'une petite chose molle et bronzée qui se prend d'amour pour le premier regard chaud et… Mathieu ! Où est l'amour du métier ? Un professionnalisme intègre ? Ou le vide de ses nuits ? Elle s'ébroue. Ce n'est pas le moment de se pencher sur ce genre de questions.

Arrivés sur le parking, ils croisent deux photographes hilares qui transportent de lourds téléobjectifs. Le blond a un visage bien dessiné, mince, il a cette élégance particulière aux Méditerranéens quand ils sont blonds. Il n'est pourtant vêtu que d'un Levis et d'une chemise blanche, mais il a une classe naturelle et la démarche d'un chat inapprivoisable. Quant au brun, c'est l'Italien type, mat de peau et le regard noir.

Elle attrape des bribes de leur conversation. Ils parlent manifestement d'une fille. À l'accent, ils sont sans aucun doute possible du coin.

- Quel boucan*!

- M'en parle pas, et crois-moi, l'expression est encore un peu trop faible, c'est un vrai tronc de l'air ! Elle n'arrête pas de me tanner pour que je vienne tâter de la climatisation de sa nouvelle bagnole.

Il soupire.

- Forcément plus géniale que la précédente, et je vais même te dire que, si c'était que de moi, hein, et que les choses puissent toujours être aussi bien réglées que cette putain de clim hé bé peut-être que… enfin, on ne peut pas refaire le monde, non ? Mais je peux te dire que si cette emmerdeuse avait eu un tant soi peu de...

Ils s'interrompent en apercevant Gwendoline et son guide. Ces derniers ne sauront jamais ce que cette emmerdeuse avait loupé.

Les photographes saluent Marco en jetant un regard intéressé et interrogateur sur la rousse flamboyante qui accompagne le fait-diversier.

- Marco, ça roule ? C'est ta nouvelle stagiaire ?

Rires.

- Stagiaire de l'été indien, c'est rare comme espèce !

Nouvelle rigolade. Décidément ils passent leurs journées à ça, les Marseillais. Ce n'est pas étonnant que la ville soit dans un tel état de délabrement.

- Mais non bande de couillons! Cette demoiselle, Linda Johnson n'est assistante de personne, encore moins stagiaire, c'est un écrivain!

Elle rectifie.

- Un futur écrivain.

Le blond se redresse et l'air soudain assombri, commente :

- Té, comme mon ex ! On en parlait, justement. Il pointe son doigt fin sur le ventre proéminent du journaliste.

- Méfi, Marco ! Fait gaffi* que ce genre d'écrivaines, c'est des drôles de girelles* cette engeance-là!

Le brun, frisé, à l'œil rieur, soulève son appareil et lance à Gwendoline :

- Ne bougez plus mademoiselle, que je vous tire le portrait! Slash! et le flash aveugle la détective déjà complètement larguée par cet échange trop rapide.

- Bon Marco, nous on file, il faut qu'on édite les photos de David!

Marco a l'air navré de la nouvelle.

- Ah, c'est vous qui vous y êtes collés ?

Le ton est celui que l'on prend pour annoncer une mauvaise nouvelle, au moins un deuil.

- Ouais, m'en parle pas! rétorque le blond l'air soudainement excédé, on peut dire qu'on fait un beau métier va! À croire que ce commentaire est la phrase préférée de tout journaliste qui se respecte.

Et les deux photographes tournent les talons, reprenant la conversation là où ils l'avaient laissée, c'est à dire "fatche de con, je crois bien qu'elle aimait plus sa caisse que moi!"

Quant à Marco, il entraîne la détective vers l'emplacement où de nombreux deux roues patientent au soleil. Il lui montre amoureusement sa monture :

- Ça tombe bien que vous ayez des baskets ! J'espère que vous n'avez pas peur des motos! Et il lui tend d'autorité un casque doré à visière noire avant d'enfourcher la grosse BMW sombre qui attend patiemment devant lui.

Gwendoline est au supplice.

Ça recommence!

Elle a définitivement horreur de ce moyen de locomotion, même si Roméo a tenté de l'initier à plusieurs reprises. Il y a des raisons multiples. Elle a affreusement peur en moto, en général les hommes qui l'ont transbahutée ainsi ce sont crus obligés de jouer à "la fureur de vivre"... en jupe, elle est obligé de montrer ses jambes... la vitesse la décoiffe, en enlevant le casque elle ne ressemble plus à rien, et enfin elle est obligée de se coller contre des hommes. En l'occurrence, Marco est tellement rond qu'elle ne sait à quel bourrelet s'agripper.

- On va emprunter la passerelle.

Elle pense, toujours pessimiste... "On ne passera jamais!" mais elle se trompe, ils passent tranquillement, sans souci. L'homme conduit avec douceur. Gwendoline ferme malgré tout les yeux, inquiète comme toujours mais rapidement mise en confiance par la conduite très souple de son compagnon, elle finit par les rouvrir et ne le regrette pas. Le port industriel s'étale dans un premier plan majestueux et se livre au regard dans sa beauté si typique. Les quais, les docks, les voies ferrées, les silos, les cargos qui s'avancent, les grues qui ponctuent le paysage en de grands échassiers métalliques, et puis plus loin, mais à peine, la mer avec ses îles le Frioul, le Château d'If, le phare de Planier, la Bonne Mère toute dorée et le regard qui porte loin aujourd'hui... jusqu'à Callelongue. La Joliette qu'ils dépassent rapidement et enfin la Major qui se dévoile, si près de l'eau, avec l'absidiole nord de la petite église romane au bord de ses grilles et qu'elle aime tant. Quel dommage de n'avoir pas construit la Major quelques dizaines de mètres plus loin, le bâtiment serait encore entièrement debout! Ce qu'elle aimait surtout dans la Major c'était son sol construit avec des galets. L'été, elle aimait y marcher pieds nus. Elle sentait ainsi sous ses pieds les pierres polies par la mer et avait alors l'impression de marcher sur une plage, bien loin des pavements en marbre froid des cathédrales plus pompeuses.

- On arrive !

Un dernier virage, l'homme stoppe devant les portes de l'Évêché, des hautes grilles en ferrailles rondes. Le planton le salue familièrement.

- Té, l'attache pas va ! Je suis là ! On surveille ici !

Et c'est vrai que devant la grille de l'hôtel de police des dizaines de mobylettes, motos et vespas de toutes races et origines sont posées là. C'est le seul endroit dans le quartier entièrement sûr. Enfin... presque entièrement sûr. Comme un planton est planté devant, jours et nuits, les vols sont extrêmement rares.

Le fait-diversier sourit et accepte l'offre du policier.

- Ma foi... Si tu le dis ! T'as pas trop chaud avec ton gilet pare-balles ?

Le jeune flic gonfle les joues, excédé.

- Oh putain, j'en peux plus, j'en peux plus ! Jusqu'à quand ils vont nous faire porter ces conneries ?

Le fait-diversier rigole :

- Peut-être jusqu'à l'an qué vin...

Le condé fait une tête catastrophée.

- Boudiou ! Parle pas de malheur ! Déjà que je suis estransiné* de chaleur ! Allez, vas-y et t'inquiète pas pour ta moto, je la surveille. Ben tiens, donne-moi les casques aussi, va ! c'est pas la peine que tu te les balades avec toi.

Marco prend Gwendoline par le bras.

- Merci, vieux. Vous venez Linda ?

Cette dernière opine. Le gros lui chuchote...

- Ça me coûte une cartouche de Malboro et une flasque de whisky... mais la dépense en vaut le coup, non ? En fait si quand je fais le compte de ce que je file à droite et à gauche, c'est une vraie pension que je verse aux fonctionnaires de l'État.

Le pseudo-écrivain a du mal à reprendre ses esprits. Mathieu, le Loft, le journal, les kiosques qui trafiquent des journaux au noir, les photographes, la moto, l'Évêché, haut lieu de la lutte contre la criminalité, tout cela se mêle et elle en a presque oublié les raisons de sa visite au journal. Elle s'ébroue, tend son casque au gentil planton buveur de whisky et fumeur de cigarettes américaines, et suit docilement Marco.

Ce dernier est comme chez lui. Il salue à droite, à gauche, demande des nouvelles de la femme, des enfants, des vacances, promet une tournée de pastis à deux flics et passe sans même s'arrêter devant l'accueil et le contrôle.

Une fois dans la cour, il explique doctement :

- Je procède toujours de la même manière. Je commence par le deuxième étage, où se trouvent les services qui gèrent le tout venant : infractions commises durant la nuit, nombre de gardes à vue, taux d'occupation des cellules de dégrisement, petits vols, viols, violences en tout genre, bref, tout ce genre de trucs, avant qu'ils n'atterrissent pour enquête dans les services spécialisés. Vous allez voir, il y a vraiment de tout.

Gwendoline ne peut s'empêcher d'éprouver un réel intérêt pour ce qu'elle aperçoit et pour les propos instructifs de Marco. Elle sait bien qu'elle va devoir très vite l'amener à discuter des cancans du journal concernant le rédacteur en chef, mais pour le moment, elle est ravie de découvrir le fonctionnement de l'Évêché.

- Ça me servira toujours!

Un homme en uniforme les accueille.

- Marco! Salut! Tu arrives bien tard, dis donc! C'est qui ta nouvelle stagiaire, tu nous présentes pas ?

Le flic est jovial, son bureau petit, anonyme et le sourire vraiment sincère. Ce qui stupéfie la détective c'est le côté fonctionnel de l'endroit.

Marco cligne malicieusement de l'œil à Gwendoline et répond :

- Francis, je te présente Linda, tout droit arrivée d'Angleterre. Eh oui, nous prenons, dans l'échange européen des groupes de presses, les plus jolies représentantes des pays concernés!

- *"Oh? Really? How are you, petite ?"*

L'accent est terrible, mais l'effort louable. Marco rigole.

- Oh putain de con, Francis, je croirais entendre un vrai rosbif de London!

Linda sourit à cette idée biscornue et répond au policier.

- Je vais très bien, merci.

Le journaliste coupe court aux ronds de jambes.

- Bon Francis, déjà que je suis en retard... Qu'est-ce que tu as pour moi ?

L'homme sort une grosse pochette et commence à feuilleter les nombreux rapports :

- Bof... Rien de terrible... Une nuit calme... 17 gardes à vue, rien d'exceptionnel. J'ai bien un truc là... Je regarde... Non, c'est un peu gros. Je pense qu'il vaut mieux que tu vois directement avec les stups... En revanche, ouais... une interpellation pour détention de cannabis, rue de la République, pas très original... Tu prends ?

Le gros hausse les épaules.

- Ouais, ça trouve toujours sa place, va !

Et le fait-diversier prend tous les détails en note rapide, la main qui tient le stylo est grassouillette. "C'est mignon" pense l'Anglaise. Francis évoque deux autres affaires similaires et annonce :

- Ah tiens, là j'ai un truc un peu plus drôle. C'est la brigade anticriminalité qui a procédé à un flag'. Les proprios d'une jolie villa à Sainte-Anne nous ont téléphoné vers deux heures du matin. Ils étaient sortis chez des amis, et à leur retour, ils ont eu une jolie surprise! Il y avait un cambrioleur endormi dans leur salon!

- Putain, ça a dû leur faire bizarre!

- Ouais, d'après ce que je lis là, le mec s'était tanqué devant la télé et il s'est endormi.

Ils rigolent.

- Qu'est-ce que tu veux, la cambriole, ça fatigue!

- Ben là où il est le mec maintenant, il va pouvoir se reposer un max!

Le journaliste note consciencieusement.

- Il était déjà connu chez vous ?

- Ouais, mais rien de bien méchant.

Le fait-diversier finit par ranger son bloc et remercie Francis. Toujours suivi d'une Gwendoline impressionnée et silencieuse, il entame la tournée des autres services et ce n'est que vers 13 heures qu'ils rejoignent la moto.

Gwendoline, perplexe, attrape le casque que le planton lui tend et se tourne vers Marco.

- Monsieur, je voudrais vous remercier de votre gentillesse.

- C'est rien! En fait, même ça m'a fait plaisir. Vous avez été charmante, les flics m'ont envié, c'est bien la première fois.

Elle hoche la tête avec conviction.

- Si, si, si, je tiens absolument à vous rendre votre gentillesse. Tenez, je vous invite à déjeuner à midi, si vous être libre, bien entendu.

Le journaliste ne s'attendait pas à cela. Il regarde la jeune femme avec attention.

- Bon... ben si vous y tenez...

Bon, cela lui permettra de mettre un peu la presse sur le grill. Elle commandera du vin. Il paraît que tous les hommes qui vivent de l'info picolent.

- Mais choisissez l'endroit, je suis étrangère et je connais encore mal la ville.

Il réfléchit une seconde.

- Euh... Quand il fait beau comme cela, pourquoi pas sur le port ? Le pavillon nautique, ça vous tente ?

- C'est parfait!" répond-elle alors qu'elle ne voit vraiment pas de quel restaurant il peut bien s'agir.

Et les voilà partis.

Alors que Roméo arrête à son tour sa moto devant l'Évêché, il voit disparaître au loin une paire de baskets qui ne peut qu'appartenir à sa patronne. Il rigole.

“Tiens, je me demande quel est le chevalier servant qui a réussi l'exploit de la convaincre de monter sur son fier destrier! s'amuse le jeune homme. Elle doit serrer les fesses!”

Roméo a déjà récupéré de sa courte nuit. Après une douche froide et l'application d'une légère crème hydratante antirides pour pallier les méfaits de ce nouveau travail, il est plus pimpant que jamais. Nunuche, quant à elle, n'a pas supporté ce changement brutal dans son rythme de vie. La petite sœur de Roméo, Nina, a promis à son grand frère d'en prendre bien soin.

“Ze la sort pour ces bezoins trois fois par zour et même plus zi elle le dézire, ze lui donne à manzer le restan de l'épaule de mouton, ze la caresse quand elle est zentille et la gronde quand elle fait des bétizes. Ze te le promets, ze te le jure sur ta tête...

Elle avait étendu la main bien droite pour qu'il voie qu'elle ne mentait pas, elle avait ajouté...

- Ze m'en occupe comme un grand frère à sa petite soeur. Tout pareil!" Roméo s'est laissé convaincre d'autant plus facilement que la chienne s'était étalée de tout son long sur le sol de l'appartement essayant, par là même, de copier copie conforme, une carpette, chose que, ma foi, elle réussissait assez bien à faire. Seule différence notable avec un tapis, les ronflements ô combien disgracieux qui s'échappaient du mufle de l'animal.

Débarrassé de l'affectueux mais encombrant mammifère, le jeune homme en a profité pour prendre rendez-vous avec son ami policier, Pierre André. Après tout, s'était-il dit, pourquoi ne pas se renseigner auprès de lui sur ce rédacteur en chef, arrivé de nulle part ? Parce qu'Angers, vu de Marseille, on ne peut pas dire que ce soit un lieu qui existe vraiment... Tout du moins lui semblait-il.

Il monte quatre à quatre les escaliers donnant sur la petite place des Treize Coins où les deux jeunes gens ont depuis bien longtemps leurs habitudes.

Évidemment, le policier est arrivé le premier. Il arrive toujours le premier

- Pierre!

L'homme est grand, sophistiqué, mince. C'est ce côté fragile qui avait séduit le détective. C'est étrange pour un policier, et Roméo aime le mystère chez les hommes.

- Roméo-Napoléon!

Son ami l'appelle toujours ainsi, trouvant les deux prénoms accolés exotiques. Roméo ne lui a jamais rien dit, mais quant à lui, il trouve cette association parfaitement ridicule. Ses parents n'avaient pas fait preuve d'un grand goût le jour où ils l'avaient baptisé. Ils aimaient la France et ils aimaient l'amour, voilà tout. Et ils en avaient oublié le sort tragique que l'histoire réserva à ces deux personnages. Roméo supporte en silence que Pierre l'affuble de son état civil en son entier car il est plutôt diplomate. Et, à vrai dire, il a toujours un petit je ne sais quoi pour ce grand dadais dégingandé avec qui il a vécu une très belle histoire, le temps d'un été. Celui-ci l'observe avec tendresse.

- Dis-moi, mais... fais-toi voir ?

Il le fait tourner sur lui-même. Le Noir essaie de ne pas être trop ridicule. La sentence tombe sans appel.

- Oui, tu as pris un kilo ou deux ?

Roméo blêmit.

- Ce n'est pas vrai ?

- À peine, mais ne t'en fais pas, ça te va bien.

Le jeune détective se tâte les côtes, soudainement inquiet.

- Peut-être sont-ce les fameux croissants du petit déjeuner ?

Le visage de Pierre se ferme.

- Ah bon, tu prends des croissants, maintenant ? De mon temps tu n'aimais que les navettes du four de Saint Victor!

Roméo éclate de rire, content de savoir son ami encore jaloux, après toutes ces années. Il lui ébouriffe les cheveux avec tendresse.

- Mais non, idiot, ce sont les croissants que je dois m'enfiler le matin avec ma patronne. Et c'est bien la seule chose que je m'enfile en ce moment!

Il est gêné, car il est peu habitué à être graveleux, mais ça lui a échappé, il doit être fatigué. Il ajoute rapidement.

- D'ailleurs, c'est un peu le travail qui m'amène ce midi.

Car il ne s'agit pas de redonner de faux espoirs au policier, toujours prêt à s'enflammer.

- Explique!

Un soupir malgré tout. Car kilos en trop ou pas, Pierre trouve toujours son Roméo magnifique de perfection.

- Eh bien voilà..."

L'enfer!

Tout tangue, plus rien n'est stable dans ce monde d'incertitudes. Jamais au grand jamais, une enquête n'aura été aussi difficile et jamais la vie n'aura été aussi dure pour elle qu'en cette minute. La pauvre sole meunière, décomposée sur le bord de l'assiette et baignée dans un ressac sur une mer de crème fraîche, la regarde d'un œil torve et complètement, définitivement éteint. Un triste cadavre.

Elle hait le monde entier. Il y a des raisons. Elle qui aime la sécurité, la solidité, la terre ferme, elle est servie.

Tout bouge dans ce monde ingrat.

Les bateaux qui l'entourent, les oiseaux qui semblent se moquer d'elle avec leurs cris ironiques, les drapeaux claquant sous le petit vent qui s'est levé, la mairie, qui danse la gigue là-bas dans le lointain, le Ferry-boat transformé en Titanic et même les voitures qui passent au large font preuve d'une instabilité dangereuse.

Il faut dire que le restaurant en question tangue lui aussi car c'est une barge. Et Gwendoline est, c'est normal pour une insulaire, terriblement sujette au mal de mer. Et ce n'est pas le demi verre de vin blanc qu'elle a accepté de boire pour faire plaisir à son invité, qui a amélioré les choses, bien au contraire.

- Non, désolé, aucun étranger au journal!

Agonisante, elle réussit tout de même à insister un chouia. Il faut qu'elle fasse son travail.

- Mais ce pourrait être une Marseillaise quand même, mais d'origine asiatique. Un couple mixte, il paraît qu'il y en a beaucoup dans cette ville.

Marco réfléchit un moment, hoche la tête.

- Oui, un paquet, c'est d'ailleurs un des charmes de Marseille. Mais j'y avais déjà pensé en vous répondant et... non, je ne vois pas, désolé.

Gwendoline entend comme de très loin la voix de Marco lui parlant de leur nouveau rédacteur en chef. Dieu merci, elle a réussi à placer le sujet avant l'arrivée du poisson, car elle ne se sentirai pas à l'instant, de manipuler même sa fourchette.

- Armand, ouais... un mec plutôt sympa... il arrive des brumes du Nord.

Grimace amusée.

- Plus exactement d'Angers.

L'Anglaise situe vaguement au centre de la France une ville de ce nom-là. Mais dans sa mémoire aussi tout bouge et bientôt la ville en question semble glisser vers le sud, qui lui-même s'appuie contre l'Algérie. Vite, vite ! Gwendoline ferme ce compartiment trop dangereux pour l'instant et revient dans la réalité ni plus agréable, ni plus stable.

Le journaliste baisse la voix, il va balancer des trucs que "tout le monde ne doit pas entendre."

- Personne ne sait en revanche comment il a pu dégotter ce poste très envié. Il est possible que la direction ait voulu sortir des luttes intestines, le journal perdait régulièrement en efficacité; avec tous ces chefs on se serait cru dans l'armée mexicaine. À moins que la politique, qui n'est jamais très loin à Marseille y soit mêlée de près... ouais, ce n'est pas impossible après tout...

Gwendoline arrive à murmurer dans un spasme nauséeux.

- Il est marié ?

- Mmmm!

Le fait-diversier adore son repas et ne se prive pas de faire des bruits avec la bouche en signe d'assentiment. Mais il parle, il parle... répondant aux questions, sans retenue, inconscient du but ultime de la jeune rousse.

- Oui, je crois. Enfin, j'ai cru comprendre. Tu sais à ce niveau de responsabilité, tu es rarement célibataire... C'est... comment dire... curieux et même suspect. Non, nos chefs sont tous mariés avec des enfants. Bien propres sur eux!

Il baisse les yeux en gratouillant la nappe.

- En même temps je n'aimerais pas être à la place de la pauvre femme...

- La pauvre femme ?

Gwendoline arrive à ouvrir difficilement, dans le contexte, une demi-paupière, mais essaie tout de même de faire la maligne.

- Pourquoi ? Tout va bien pour eux, non ? Avec ce qu'il doit gagner, elle a sûrement une jolie maison, *"with a garden and a dog"* ?

Espérant par là des confidences, voire des informations juteuses et inédites. La quête du scoop quoi ! Elle est fière d'être malgré son malaise capable de conscience professionnelle. Une véritable héroïne, quasi une sainte !

- Oui, bien sûr… enfin, probablement, mais…

Et au moment où les choses commençaient à devenir intéressantes, Marco est interrompu brutalement par deux hommes qui viennent visiblement de le repérer et qui n'hésitent pas un instant à s'immiscer grossièrement dans la conversation.

- Oh Marco, qu'est-ce que tu fais dans notre cantine ?

Malgré leurs différences, l'un tout petit, l'autre de taille moyenne, les deux hommes ont la même démarche en canard. Cela vaut à l'un des deux d'être surnommé "11h15" par ses collègues. Les pieds de l'autre indiquent plutôt 10h20… un petit problème de hanche.

Onze heures quinze est le plus bavard des deux. Pour l'état civil, il se prénomme Robert. Absolument pas décontenancé par l'accueil glacial d'un Marco aussi ouvert que la porte des Baumettes un soir d'hiver par temps de mistral, il continue de plus belle :

- Et avec une girelle royale! Pendant que nous, on bosse comme des fous, enfin, on a fait le tiercé… si tu savais… je me suis mangé les couilles!

L'image de ce type en train de se… est trop forte pour la pauvre Gwendoline qui a un hoquet.

- Et pendant ce temps môôônsieur se prélasse en bonne compagnie. Bon, puisque tu nous présentes pas, je vais le faire moi-même.

D'un doigt épais il se désigne.

- Moi, c'est Robert, et mon compagnon journaliste que vous voyez là eh ben, c'est Patrice! Allez, zou on s'assoit avec vous.

Et l'autre déplumé rajoute.

- On va s'gêner, tiens!

Marco soupire. Son tête à tête charmant est foutu. Dommage, pour une fois qu'il arrive à envoûter une jolie fille avec des histoires de cadavre... Parce qu'on a beau dire, c'est plus ce que c'était de draguer en sortant la carte de presse. C'est fini ce temps-là. Les gens ne croient même plus ce qu'ils lisent dans le journal, alors! Ah, dans le temps, ça ouais! Les bonnes fortunes qu'ils avaient eues avec des cagoles complètement fascinées par les hommes de plume! Ou des bourgeoises excitées à l'idée de s'encanailler avec des hommes proches du crime... des élus qui ne craignaient pas la méchanceté, la corruption, le vice, la souffrance, la mort! Mais qui restaient purs. Des témoins!

Il ricane.

- Tu parles, Charles!

Patrice salue l'Anglaise d'un geste de la tête, tire la chaise et s'assoit sans plus de manières, mais après cette espèce d'interjection étrange où il affirmait fermement qu'il ne voulait pas se gêner, il reste silencieux. Marco, sans enthousiasme excessif, fait les présentations.

- Linda... Elle s'appelle Linda.

Le bavard du duo commence les travaux d'approche.

- Alors, sur quoi notre grand justicier avait amené la conversation pour fasciner la belle rousse?

Elle est vraiment trop malade, même pour simplement mépriser ce sale type sans gêne. Mon Dieu, aucune éducation le bougre ! Marco lui répond mollement.

- Nous parlions du journal, et bien…

Il se tourne vers sa compagne.

- …sache que viennent de prendre place à notre table deux de ses plus grandes vedettes.

Il désigne tour à tour les duettistes.

- Robert, ancien du service société, est maintenant responsable de la locale Marseille et Patrice s'occupe d'un truc absolument passionnant… de l'économie et des finances. Heureusement pour nos actionnaires, il ne touche pas à celles du journal! Ça va les gars ? Vous n'avez pas l'impression fugace que vous gênez ?

Les deux hommes se regardent avec un air d'innocence calculée et secouent mécaniquement la tête.

- Et d'être de trop non plus, j'imagine bien ?

Nouvelle tête de droite et de gauche, oui, vraiment un numéro au point!

- Bon… eh bé, content de vous voir là.

Complètement horrifiée, Gwendoline s'aperçoit que le dénommé Patrice vient d'annexer son morceau de pain et qu'il trempe celui-ci dans son assiette, comme si de rien n'était. Son pauvre cœur se soulève et elle a peur que cette fois… mais non… encore fausse alerte.

De plus, elle n'a aucune idée de ce que peut être la locale dans un journal et préfère ne même pas demander. Elle grimace un pauvre sourire et tente de penser à autre chose pour calmer ses hauts le cœur. Malheureusement, comme souvent dans ces cas-là, les seules images qui lui viennent sont celles d'une tête de veau tétant désespérément du persil ou de tripes à la mode du jour, nageant dans des sauces étranges et colorées, voire de la gelée rose sur son lit de chamallow verts, un truc très américain, "*thank's god*"!

Occultant les dernières réflexions de son collègue, celui qui est la voix du duo s'exclame :

- Voui, c'est nous! Si vous avez besoin de quoi que ce soit, vous me demandez, et immédiatement vous obtiendrez ce que vous voulez!

- Ce'qu'vous voulez, répète le second.

Un vrai charmeur, avec un sourire qu'il croit ensorcelant à l'adresse de Linda. Puis, se tournant vers Marco :

- Et vous causiez du journal, alors? interroge-t-il dans un nouveau sourire irrésistible.

- On parlait d'Armand. Plus exactement de sa femme.

Déçu, Robert fait la grimace :

- Je la connais pas. En revanche Armand...

Un air égrillard se lit maintenant sur son visage de blond trop cuit par le soleil méridional et à la peau un peu trop fatiguée par des soirées bien arrosées de la rédaction fêtant tous les menus évènements du journal.

- On s'est fait quelques bringues avec lui... inoubliables.

Tout à coup, Patrice, qui lorgnait sur la sole, noyée depuis déjà quelque temps, de Gwendoline, n'y tient plus, il craque :

- Mademoiselle, on est entre nous... ici on ne fait pas

de chichis... et... je vois que vous n'avez pas touché à votre plat, alors, je me disais que...

- Heu.

Et d'un geste prompt, il tire l'assiette à lui et immédiatement se met à engloutir vorace, le pauvre animal marin. Au bord de l'évanouissement devant ce spectacle peu ragoûtant, Gwendoline arrive pourtant à laisser passer entre ses lèvres un misérable...

- Mais est-ce que cet Armand-là, trompe sa femme ?

Elle ressemble à s'y méprendre à une vieille Anglaise puritaine, prête à égrener son chapelet pour le bonheur des âmes damnées et condamnables. Mais il est absolument nécessaire qu'elle reçoive une réponse ferme, elle y met toute la force qui lui reste.

- Est-il un homme volage ?

Hélas, les confidences attendues traînent en longueur, Robert n'en sait pas plus et n'a jamais surpris son patron en fâcheuse compagnie. Certes, il y a bien eu quelques commentaires grivois sur le décolleté d'une des nouvelles stagiaires et deux allusions pas très fines à propos des fesses rebondies de la secrétaire de direction du big boss, mais Armand n'est pas là depuis assez longtemps pour partager de réelles confidences sur la condition de femme trompée ou non de son épouse avec ses collègues et néanmoins subalternes.

Tout à coup, n'ayant aucune réponse à donner, Robert s'effarouche. Il déteste être pris en défaut de manque d'informations, surtout sur des collègues! De plus par une petite péronnelle à la peau blanche, aux cheveux roux, aux chaussures imbitables et qui semble, chose incroyable, complètement insensible à son charme ravageur (à ses yeux de bogue frit).

- Mais dites, on n'est pas comme ça à Marseille!

Une caricature de la vertu outragée.

- Nous, on répand pas les ragots! Si le boss a envie de s'envoyer en l'air, c'est pas notre problème. Non, la sexualité des Marseillais, y'a que la Bonne Mère qui peut se vanter de la connaître. Et encore, uniquement en confession, hein! On est discret nous, on n'est pas des bouches, faut pas croire!"

Tout à coup, la mer monte, une vraie marée sur le mont Saint-Michel, à la vitesse d'un cheval au galop ! Tagada, tagada, tagada. Gwendoline est obligée de se lever d'un bond, la main sur cette bouche dont on parle tant dans cette ville pour surtout ne rien en dire. Elle tente le tout pour le tout afin d'empêcher l'inévitable mais n'y tient plus et s'enfuit vers les toilettes en balbutiant un pauvre...

- "*Excuse-me...*"

Et, enfermée dans les WC du restaurant nautique, elle maudit, désespérée, la mer et tout ce qui vogue dessus et dessous!

Roméo attend sa patronne chez leur amie commune, Yasmina, dans son établissement, "Les Perles d'Allah". Ils discutent âprement sur les vertus respectives des produits de beauté de grandes marques, défendus par Roméo, et des produits naturels, dont Yasmina s'est faite l'avocate. Celle-ci est pugnace.

"Non, je t'assure mon frère, pour le nettoyage en profondeur de la peau, il n'y a que le hammam et l'argile. Je te le dis, moi, tu achètes l'argile chez Mohamed, là l'épicier...

- Ouais, bien sûr. T'as vu l'état de ses sols ?

Le grand Noir fait la grimace.

- Bon d'accord, il n'est pas très propre, mais tu t'en fous, c'est sous cellophane...

Il n'a pas l'air très convaincu.

- Ou au pharmacien si tu n'as pas confiance, Tu peux le payer un tiers plus cher, mais là tu seras sûr. Et moi je te fais le mélange quand tu veux, tu demandes.

- Je sais bien que tu me fais le mélange, ce n'est pas là le problème.

Roméo, dans la discussion, ne lâche rien.

- Yasmina, je ne veux pas être vexant, non! Mais quel est l'intérêt de se lancer dans l'élaboration d'une recette de grand-mère... au dosage tout de même incertain quand les meilleures marques de cosmétiques offrent des produits prêts à l'emploi et parfaitement dosés, eux !

L'Arabe rigole.

- Eh couillon, l'intérêt c'est d'abord les sous.

Elle mime avec les doigts l'argent qui passe.

- Eh oui, l'argent, le pèse, le jonc, le pognon, le fric... Et puis sans compter que tu le sais toi ce qu'il y a dans cette drôle de crème ? Moi rien que de la voir comme ça, je suis toute retournée ! C'est même pas la bonne couleur ! Tu as déjà vu de l'argile blanc ou rose toi, dans les souks ?

La partie de ping-pong continue.

- N'empêche que moi, la dernière fois que l'on m'a mis de ton argile naturelle sur le visage, je me suis retrouvé avec des belles plaques rouges sur le front et les joues... Ne ris pas, les Noirs aussi peuvent avoir des plaques rouges. Ce n'est pas que ça m'avait nettoyé les pores, c'est que j'avais des cratères géants à la place de mes points noirs, je n'ai pas pu sortir d'une semaine. Yasmina, je le vois que tu ris!

La grosse femme n'y tient plus, elle est secouée par le fou-rire alors que Roméo feint de se fâcher encore plus.

- C'est vraiment pas drôle Yasmina, la seule façon de me soigner c'était les tranches de concombre. Et les pores de la peau, une fois ouverts, eh ben,... ils ne se referment pas tous seuls. Et si tu avais pu me voir, avec sur le visage mes tranches de concombre... j'avais vraiment l'air fin!

Yasmina a franchement du mal à reprendre son souffle pour répliquer. Gwendoline qui a tout entendu sourit à la joute verbale. Ces deux-là n'arrêtent pas de feindre l'engatse*, jeu local apprécié de tous et dont l'Anglaise avait enfin saisi le sens.

Yasmina aperçoit la jeune détective.

- D'ailleurs… Tiens te voilà petite? Viens donc manger un bon baklawa!

À l'idée du gâteau plein de miel et sucre alternés ainsi proposé, Gwendoline frissonne et a un haut le cœur.

- Non, vraiment merci, mais je ne veux rien. À moins que… peut-être… un coca-cola ?

Le service est rapide dans le bar pour l'Anglaise.

- Tout de suite, installe-toi, je te l'apporte immédiatement.

La jolie rousse tombe lourdement auprès de Roméo qui lui fait la place sur la banquette. Il lui sourit.

- Je vous ai aperçue devant l'Évêché tout à l'heure. Enfin, pour être plus exact, j'ai entre-aperçu vos chaussures. Sur une moto. Mais dites-moi, patronne, vous êtes bien pâle. Ça ne va pas ?

C'est rien, elle a tout simplement envie de mourir tellement elle a honte.

- Non, non, c'est rien… un repas… mal passé… poisson mort…

Rien que formuler "poisson" fait remonter en elle de sales souvenirs, mais accolés à "mort", elle revoie ses yeux blancs qui la regardait avec reproche, pendant que l'autre journaliste déchirait sa peau avec appétit. Yasmina, qui arrive avec le coca n'a pas pu s'empêcher d'entendre cette dernière phras et s'inquiète :

- Tu es malade ? Des nausées ?

Gwendoline ne répond pas, son amie hausse la voix :

- Alors tu es enceinte ? Hein ?

Oh la la!

- Mais non!

Gwendoline s'illumine comme le phare de Planier à la simple évocation d'une grossesse potentielle.

- J'ai simplement mangé quelque chose de pas frais. Dans un restaurant.

Elle espère que personne n'a vu les manifestations si criantes de son trouble.

Yasmina part en imprécations violentes et imagées contre les restaurants qui empoisonnent leurs clients, qu'il faudrait tous les passer par les armes, les pendre, leur imposer le pal, pour le moins! Elle finit sa diatribe en posant sur la table le coca demandé avec une fiole contenant du bicarbonate de soude.

- Voilà !

- Merci.

Roméo attend que sa patronne ait pris sa potion qui mousse avec le bicarbonate comme un shampooing, puis il lui explique en détails sa journée.

- À quatre heures du matin, j'étais au boulot.

Il se met à chantonner

- Hé oh, hé oh, je rentre du boulot, tati tata, tati tata tati tataaaaa !

Il grimace en se massant l'épaule.

- Je me suis trimballé du papier journal toute la sainte journée... et avec la Nunuche en plus qui a pissé consciencieusement sur le moindre kiosque de Marseille qu'elle apercevait! Je rajoute Marseille et les environs. Après, je suis allé voir mon copain flic qui me téléphonera pour savoir si l'Armand en question est fiché. Je ne crois pas, mais... on ne sait jamais. Par contre, j'en ai appris de bonnes sur le journal. Tout le monde en parle. Figurez-vous qu'un trafic était organisé entre certains ouvriers des rotatives, les distributeurs et quelques kiosques marseillais.

Gwendoline interrompt le Noir.

- Oui, oui... je suis au courant. Cela n'est pas notre affaire. Rien d'autre?

- Non.

Roméo est vexé et dépité de voir que son scoop n'émeut pas plus que cela l'Anglaise, mais il a appris à lui faire confiance et sait bien que la jeune femme est pleine de ressources. Ce n'est pas la première fois qu'il se fait moucher, la détective n'y met pas d'intention. Elle a beau avoir de grands yeux innocents, une pratique parfois étrange du français et des rêves de midinette, c'est sûr, elle est loin d'être stupide. Le goût et l'intelligence, cela n'a rien à voir, il suffit de vivre à son contact pour s'en persuader. Et puis, elle à l'air bien secouée avec son repas qui ne passe pas.Ça, il l'avait déjà remarqué. Elle est fragile du foie. Il lui faudrait une bonne cure de romarin.

Roméo ne se démonte donc pas et espère bien attirer un peu plus et son attention et ses félicitations avec la nouvelle suivante :

- Enfin, il y a bien un truc biscornu, étrange, bizarre. Oui... un truc très insolite, une histoire de fou. Quand j'ai débarqué ce matin, je n'étais pas le premier arrivé. Un type m'avait précédé de peu. Le chef de la distrib'!

Le cœur de Gwendoline fait un bond dans sa poitrine.

- Mathieu ?

Il s'étonne un peu de son enthousiasme. Mais elle sait déjà tout!

- Oui, c'est ça. Mathieu Campi. Vous le connaissez donc?

- Un peu.

Un peu. Quelle mauvaise foi, quelle hypocrite ! Si elle le connaît ? Mathieu Campi ? Mais elle a quasiment passé la nuit avec lui ! C'est le futur père de ses nombreux enfants... Il va l'emmener en voyage de noces à Tahiti, Cayenne, Hong Kong, Istanbul, ou à Zanzibar... à moins que Macao... Bruay en Artois...mais qu'importe le lieu avec lui, elle est prête à aller où il veut, à le suivre partout et à répondre à ses moindres désirs, même les plus inavouables. Elle deviendra la parfaite ménagère qu'elle a toujours rêvé d'être, au fond... très au fond... très très au fond. Elle repassera ses chemises et lui préparera des crumbles succulents, - ça ne doit pas être si compliqué que ça à faire, sa mère y excellait !- elle veillera tendrement sur son sommeil et apprendra à tricoter de jolis pulls en jacquard, les rideaux d'ailleurs lui ont donné quelques idées... elle...

Pendant que l'imagination enfiévrée de la jeune fille l'entraîne sur des rivages inconnus aux plages vierges, inexplorées, Roméo, lui, continue son rapport de la façon la plus exacte possible. Tellement concentré qu'il ne s'est aperçu du volcan bouillonnant qu'il avait réveillé en sa patronne.

- Je ne sais pas pourquoi, mais quand il a ouvert son coffre de voiture... une belle Alfa... dernier modèle...La 156. Elle est vraiment spacieuse et sa motorisation est incroyable. Une puissance et une classe folle. La peinture... trois couches! Et entretenue, cirée sur toute la carrosserie ! Moi, bien sûr, je l'aurais prise plutôt noire. Parce que le rouge sang... ça fait un peu arriviste, voire vulgaire non ? Je veux dire, à force de vouloir faire original, tout ça fait presque commun, vous ne trouvez pas ? Alors que noire, franchement, c'est la classe absolue, l'élégance, le raffinement... évidemment, il y a le gris. Mais à mon avis ça fait un peu trop tendance. Et puis tous les p.d.g. prennent des caisses de cette couleur.

Outré, scandalisé.

- Imaginez que je fasse patron, moi! Dieu garde*!

Gwendoline, qui est revenue sur terre, se verrait bien les cheveux au vent dans l'Alfa. Est-ce que cette couleur trop violente n'éteindrait pas la chevelure d'une jolie rousse ? Oh, qu'importe sa couleur, elle veut absolument savoir, et tout de suite ce qu'il y avait dans le coffre de la voiture de son futur amant. Amant, ce seul mot évoque tant de possibilités qu'il faudrait une vie entière... ou plutôt plusieurs pour faire le tour de toutes les options liées s'y référant. Elle frissonne.

- Alors ? Qu'y avait-il dans ce "*fucking*" coffre!

Effrayé par l'écart de langage de sa patronne qui ne l'avait pas habituée à ça, Roméo continue sans fioriture.

- Je ne suis pas sûr, patronne... mais je crois bien que c'était un chien. Un tout petit chien.

Un silence, il revoit la bête martyrisée. Mais l'Anglaise est vraiment impatiente aujourd'hui.

- Alors, un chien ? Et bien quoi ?

Roméo pense que ce doit être le bicarbonate qui agit ainsi sur les hormones torturées de la vierge. "Le mélange: ce doit être le mélange avec le coca-cola." Quelquefois les précipitations entre éléments chimiques ont des effets surprenants sur les personnalités fragiles. Sherlock Holmes prenait de l'héroïne... Enfin, paraît-il... à moins qu'elle n'ait ses règles ?

- Le chien n'avait plus de tête. Et il portait épinglé sur le corps une photo. Une photo d'une ravissante jeune femme.

- Oh!

C'est un véritable coup de poignard que Gwendoline reçoit dans le cœur. Une trahison de la pire espèce, dans un contrat qu'elle avait déjà signé. Que les hommes sont cruels et inconstants! Sa mère ne cessait de le lui dire, comme un leitmotiv invitant à la prudence. Mais elle n'aurait jamais cru en faire si vite les frais. Elle se contient, mais hésite déjà entre une vraie crise de larmes ou un rendez-vous au petit matin dans le pré, l'ombrelle à la main, qui lui permettrait de laver son honneur et de pourfendre le menteur, certainement inconscient du mal terrible qu'il lui faisait.

Mais Roméo continue, inconscient de la tempête qu'il provoque avec ses paroles apparemment innocentes.

- Et puis voyant que j'avais tout vu, le dénommé Mathieu a refermé brutalement le coffre sans me donner la moindre explication, et il m'a même recommandé d'oublier... sa voix était agressive. Qu'est-ce que vous en pensez, patronne ?

Une seule préoccupation dans la tête de l'Anglaise tourne et retourne comme un pull en mohair dans une machine à laver réglée sur le programme textile délicat.

- La jeune femme était vraiment... Vraiment ravissante ? demande t-elle d'une voix mourante. "*My good*" que la vie est cruelle!

Non, pourfendre l'inconstant, c'est impensable. Il ne lui reste que les larmes. La réponse fuse. Et ce n'est pas du tout ce qu'elle attend.

Roméo est enthousiaste.

- Splendide! Vraiment! Une blonde. Mais pas le blond marseillais, qui comme tout le monde le sait n'est pas platine, mais plutôt couleur platane!

Il rigole joyeusement comme un jeune chien. Gwendoline n'en peut plus. Puis l'enthousiasme du Noir retombe.

- Mais le chien, était vraiment mort, et... c'était... dégueulasse!

Bang! L'ombrelle-épée tombe au sol lorsque Gwendoline se lève brutalement.

- Bon, eh bien moi je vais me coucher, j'en ai assez entendu."

Et la pauvre rousse, sous l'œil étonné de son employé, le cheveu en berne grimpe son escalier comme on monte à l'échafaud, le pas lourd, en haïssant le monde entier en général et les hommes en particulier.

"Ouille, c'est de plus en plus lourd! Je vais finir déménageur, moi!

La journée avait très très mal commencé! Une fois chargée des piles de journaux, la Golf de Roméo avait toussoté, gémi et expiré définitivement. Un dernier soupir sans espoir de retour. Le jeune homme avait tout tenté. Des promesses, les plus folles, passage dans un lavomatic, cadeaux d'une nouvelle capote pour l'année suivante, changement des essuie-glaces avant la fin de la semaine, aspiration des miettes sur la moquette, nettoyage à fond du coffre... et puis les menaces, vente à une casse, la honte de l'abandon dans un quartier mal famé, le vol et la mise en pièces détachées pour un ultime voyage au Maghreb... Mais rien n'y avait fait, la voiture n'avait plus répondu. Sauf un petit "toc-gling" qui annonçait de façon terrible sa mise à l'écart de la circulation. En urgence, Mathieu, le chef, lui avait trouvé un véhicule de remplacement dans lequel il avait fallu transbahuter tous les journaux.

Et c'est au volant d'une vieille Renault Express asthmatique qu'il avait entamé sa tournée avec plus d'une heure de retard.

- La con de Manon*!

En plus, c'est le bordel. Il a trouvé des gros cartons dont il ne sait que faire. Pas d'adresse d'envoi ni d'expéditeur. Il doit, à chaque halte, les déplacer pour atteindre les bons paquets de journaux à livrer. C'est en chargeant, qu'il avait dû mettre le ouaille dans les marchandises. Quand il y pense, c'est certainement des paquets qui traînaient mais qui ne lui étaient pas destinés. Et il avait tout pris. D'ailleurs des boîtes drôlement lourdes!

Nunuche avait eu du mal à se réveiller.

Manifestement, ce rythme ne lui convenait pas plus qu'à Roméo.

"Quelle vie de merde. Quelle vie de chien."

C'est à la sixième livraison que Nunuche décide enfin de se réveiller, de sauter à terre, de s'étirer longuement – ouaou, ça fait du bien- et de pisser copieusement, un vrai déluge, sur le carton que Roméo vient de poser sur le sol en attendant de livrer la Maison de la Presse du haut de la Canebière.

- Oh non! Nunuche! Bordel! Tu ne pouvais pas te retenir ? Quand même! Respecte un peu le travail des autres même si le sens du mot de dépasse largement!

L'animal, langue pendante et vessie enfin soulagée, légère, croyant à une gentillesse, jappe de joie. Le Noir râle d'abondance.

- Bordel, de bordel de bordel de merde! Fais chier, j'en ai marre de marre ! La patronne qui fait la gueule, la bagnole en rade, le chien qui pisse n'importe où ! Si ça continue, je me fais danseuse nue chez Michou! Au moins je n'aurais pas de costume à m'acheter, moi!

Il faut dire que son goût pour le déguisement l'avait amené ce matin à s'habiller en docker, généralement utilisé par les cacous* marseillais. Fait en tissu bleu dit de Nîmes, il l'avait délicieusement harmonisé avec un polo rose fraise écrasé et de splendides chaussures en lézard, ramenées par un amant du Mexique.

- Comment je vais remettre ça dans la caisse, moi ? C'est dégueulasse!

Nunuche gambade de joie et part explorer quelques lampadaires limitrophes. Roméo en gémissant plie les genoux, empoigne le carton et se redresse d'un coup sec. Il avait appris que c'était le meilleur moyen pour ne pas se faire mal au dos. Le secret c'était : "plier les genoux!"

Et là... patatras! Le fond du carton, humidifié par les intempérances généreuses de Nunuche, se décolle et s'ouvre comme la mer Rouge devant Moïse. Le contenu se répand au sol, avec de grands gling-glang.

- Mais qu'est-ce que c'est que ce bordel ?

Des armes.

Des armes noires comme s'il en pleuvait. Noires comme la mort. Pistolets-mitrailleurs, grenades, armes de poing avec chargeurs, munitions...

Roméo reste coi devant cette avalanche hétéroclite, inattendue et menaçante.

- Ouaf!

Un ancien de la guerre de 14, le dernier du quartier, s'approche, tiré par un basset de deux cents ans bien tassés, tout mité, aveugle, que Nunuche d'un coup de langue trempe des pattes à la tête. L'animal fait une drôle de bobine, il semble penser. "Tiens, il pleut !"

Voyant les armes, les sourcils du vieillard se froncent sous le béret des tirailleurs FTP. Un béret que l'homme se flatte de n'avoir plus retiré depuis la Libération. Même pour dormir! "Et c'est Alberte qui a pas intérêt à m'emmerder avec ça! Sacré bon dieu de scrogneugneu!"

Il pointe un doigt accusateur sur Roméo, totalement abasourdi :

- Vous! Vous êtes en complète infraction avec la belle et juste loi républicaine. Depuis le 30 décembre 1945 à 16 heures, il est strictement interdit, par décret de posséder ceci. Jeune homme...

Il le regarde par dessous son béret.

- Un FTP, hein ? Eh oui, je vous ai reconnu. Méfiance envers notre chef vénéré, le général de Gaulle, hein ? Avec vos camarades de combat, au maquis, vous avez dissimulé les armes, hein ? Tant pis ! Vous devez certainement savoir que vous n'avez pas le droit de posséder de telles armes par devers vous. Il serait bienséant de les rapporter séance tenante au quartier général.

Et il rajoute, péremptoire :

- Exécution!

Roméo a bien envie d'envoyer le vieil emmerdeur se faire empapaouter chez les Grecs, mais il se retient en pensant qu'il vaut mieux ne plus entendre bêler l'ancêtre en pleine rue. Il se redresse et claque les talons.

- Tout de suite mon général, je m'exécute!

Les yeux, sous le béret innommable se plissent de joie,

l'homme se redresse et salue lui aussi.

- C'est bien, et faites vite soldat!"

Il ramasse prestement tout son fatras qu'il jette dans le coffre, en vrac – pourvu qu'un de ces trucs ne se mettent pas à se déclencher tout seul ! - récupère Nunuche qui est en train de prendre le pantalon du vieillard pour un arbre exotique, et démarre, autant que le véhicule poussif le permet, sur les chapeaux de roues perdus. Il laisse sur place l'ancien militaire qui garde un air perplexe.

"Tiens? Pourquoi ai-je les pieds mouillés ? Peut-être le Mékong qui monte ?"

D'un coup de frein rageur, Roméo vole la place qu'un touriste italien, prototype macho latin presque parfait, s'apprêtait à remplir entièrement avec sa magnifique Fiat immaculée. Et c'est sous les insultes transalpines, certainement de très bon goût, du touriste vert de rage, qu'il grimpe quatre à quatre les escaliers vermoulus de l'agence. En mettant les clefs dans la serrure, râlant parce que Nunuche l'empêche de faire vite, empêtré dans la laisse, tirant, poussant la volumineuse bestiasse, il entend encore vaguement, dans le souffle qui le propulse dans le bureau...

"Stronso! Finocchio!

Il a l'esprit ailleurs. Il frappe de façon hystérique - ta, tatatac!- à la porte de l'appartement pour réveiller sa patronne. Celle-ci justement vogue sur une gondole à Venise, exactement sous le pont des Soupirs, avec l'homme de sa vie à ses côtés. Leurs bras sont enlacés, le moment est divin. Et justement, celui-ci lui glisse des doux mots sucrés - to es la plous belle du monde - dans la magnifique langue de Dante, tout en lui passant au doigt une magnifique alliance rehaussée d'une rivierette de diamants 22 carats au bas mot.

- Carro! susurre tendrement l'homme en la serrant contre lui. Et au-dessus du pont, dans un lointain proche elle entend la foule avec ses interjections si typiques de cette région du monde, l'une des plus belles et certainement la plus romantique...

- Stronso, finocchio!

Une ville faite pour les amoureux. Le gondolier ne chante pas, car en surface, c'est un Africain. Il préfère taper hystériquement sur un tambour en souriant de ses dents blanches à l'éclat si lumineux et en répétant bien en rythme...

- Patronnnné, patronnnné, patronnné !

Le réveil est très rude.

La porte, on tape à la porte.

Et c'est la porte du rêve qui se déchire en laissant place à la voix grave mais néanmoins angoissée de Roméo.

- Patronne, patronne réveillez-vous! Y'a d'l'urgence.

D'un coup d'œil dans la glace elle vérifie que rien ne dépasse du babygros de coton rose qu'elle enfile le soir avant de se coucher. C'est vrai, quelquefois un sein ou quelquefois son frère, fait une fugue et s'en va – quelle impudence! - se balader hors de l'enveloppe, au delà du raisonnable. Quelle heure est-il donc, elle ne sait plus. Est-ce que c'est le moment du coucher de soleil romantique sur la lagune ou du croissant frais matinal ? Un coup d'œil à la pendule la renseigne et l'affole.

- "*Shit!*"

Avec horreur elle s'aperçoit qu'il est à peine 6 heures

trente cinq. C'est trop moche ! Elle va encore se traîner lamentablement toute la journée, elle n'a pas son compte de sommeil. Déjà que, la veille, il lui avait fallu entretenir tout un monologue avec Mathieu pour tenir les yeux ouverts... Elle va déverrouiller sa porte et est immédiatement emportée par une véritable tornade affectueuse appelée Nunuche, qui lui saute dans les bras, langue humide en avant. Et au lieu du bisou tendre, mais viril du jeune premier, c'est le baiser baveux d'un Rottweiller à l'haleine douteuse qu'elle reçoit pour commencer la journée. Certes, le poids du chien joue un rôle déterminant dans le fait qu'elle tombe à la renverse, mais peut-être l'odeur persistante de la dernière poubelle que l'animal a éventré ajoute le petit quelque chose de plus qui fait la différence. Derrière, le cheveu en bataille, s'il n'avait pas été chauve comme un pois chiche, Roméo, hagard, essaie de retenir le chien.

- Nunuche, tiens-toi tranquille!

Glaciale, elle se raidit.

- Enlevez "*this*"... animal de là!

Roméo va attacher Nunuche sur le balcon où celle-ci s'empresse d'uriner sur le romarin rachitique que Gwendoline a eu le temps d'installer. La chienne, toujours pleine de bonne volonté et assez peu douée pour les choses du quotidien, loupe la plante. Le jet passe entre les deux colonnes de pierre et gicle dans la rue. Le pauvre Italien toujours fulminant dans sa décapotable reçoit l'humble présent sur sa moumoute qui est éjectée, sous la puissance du jet de son pauvre crâne. Il y a des jours où l'on ferait mieux de rester chez soi !

- "*What's up*" ? Que se passe t-il enfin Roméo ?

Le ton du jeune assistant est inquiétant.

- Il faudrait que vous veniez voir quelque chose en bas, dans la bagnole. Vite, c'est incroyable!

Elle regarde le Noir avec inquiétude.

- Comme ça ? Mais je ne vais pas sortir dans cette tenue!

La précipitation n'exclut pas la décence!

Roméo décroche le peignoir en soie d'Égypte accroché au portemanteau et le pose, directif, sur les épaules de l'Anglaise. Convaincue par la pugnacité, l'air inquiet de Roméo et par l'heure matinale, elle cède.

Arrivé devant la voiture, Roméo a un moment de doute. Il regarde Gwendoline. Puis brusquement il ouvre le coffre d'un geste sec et théâtral.

- Voilà!

Elle ne peut s'empêcher de mettre, sous la surprise, son poing dans sa bouche.

- Mon Dieu, mais qu'est-ce que c'est ?

Roméo pense qu'elle fait ainsi, très héroïne de film du cinéma muet. Il énumère en lui montrant :

- Voilà. Là, c'est une Kalachnikov... une Uzi, l'arme préféré des Israéliens... là, ce truc blanc qui ressemble à du mastic, c'est du sintex. Vous savez, l'explosif dont se servent tous les terroristes... les Arabes, les Irlandais, les Corses... et puis les malfrats. Bien sûr, vous reconnaissez,un Magnum 357, là un fusil à pompe et puis les grenades et les munitions adéquates.

- Mais, mais, mais... bégaie-t-elle, autant étonné par les outils de mort que par l'érudition de son employé. Puis elle se souvient qu'il est étudiant à Montpellier et que dans le cadre de ses études de droit criminel, il a du avoir des cours sur les armes.

- Où avez-vous trouvé ces trucs ?

Il se passe la main sur le front.

- Eh ben justement, on dirait qu'il s'en passe de belles au journal.

- Ne me dites pas que c'est là que…

- Si, je vous le dis!

Gwendoline est tétanisée. Cinq minutes avant encore, elle étreignait dans l'ombre propice d'un pont, l'homme au sourire si doux, qui sut la faire sienne l'espace de deux étages… et voilà que maintenant, elle se retrouve à établir un inventaire, ô combien déplaisant, et de faire des parallèles gênants entre le métier de l'homme aimé et ces armes de mort.

Il faut qu'elle se reprenne, car c'est elle le chef de l'agence, Roméo attend d'elle une action quelconque.

- Bon, Roméo, maintenant, ça suffit, je monte m'habiller, vous allez chercher les croissants…

- Mais ce sera fermé !

Elle est claire, déterminée et légèrement directive. Mais qui c'est le chef, ici?

- Vous vous débrouillez! Il n'y a pas qu'un boulanger, quoi! Et dans moins d'un quart d'heure, nous partons.

Quand elle s'y met, elle n'y va pas avec le dos de la cuillère, la rouquine !

- Mais pour où ? bredouille Roméo, malgré tout soulagé que sa patronne prenne les choses en main.

Sa main, que prolonge l'ombrelle tueuse -en tout cas, elle aimerait croire qu'elle a pensé à la prendre en même temps que ce peignoir complètement déplacé- indique une direction déterminée, vers le haut du boulevard d'Athènes.

- Au journal !

Elle se trompe de direction, bien sûr, tout le monde sait combien il est difficile pour une femme d'apprendre à se repérer dans une ville inconnue, mais Roméo trouve plus sage de garder pour lui ses réflexions un rien machistes qui risquent d'énerver un peu plus, si cela était possible, l'Anglaise au tempérament flamboyant.

Il frissonne.

- Nous allons voir Mathieu et évoquer avec lui toutes ces questions sans réponse! À quoi riment toutes ces armes... et ce chien mort.... Et la photo de cette jeune fille... Oui, qui est cette jeune fille ? ajoute d'un air pensif Gwendoline. Une vraie blonde ?

- Bon, d'accord, je file à la boulangerie", ne trouve qu'à rétorquer le beau Noir, complètement perdu dans les sautes d'humeur imprévisibles de sa patronne.

Se drapant d'un même geste dans son peignoir et sa dignité, Gwendoline s'attaque à ses escaliers qu'elle escalade en un éclair.

L'estomac de Roméo gargouille de manière tout sauf distinguée, alors que, tassés avec Nunuche et Gwendoline dans la Renault Express du journal, le jeune homme prend le chemin du retour. En plus, il a du mal à conduire à cause de Nunuche qui n'arrête pas de bouger, de gansailler* dans tous les sens, cherchant sa place et ne la trouvant pas.

"La con de toi*, Nunuche!

Quand Gwendoline lui avait demandé pourquoi il ne mangeait pas son croissant matinal, il avait objecté qu'il était barbouillé. En réalité, Pierre André lui avait renvoyé une image de gros qui ne lui plaisait pas du tout et il avait décidé in petto de se mettre au régime et de refaire du sport. Mais Gwendoline ne l'avait pas entendu de cette oreille et lui avait mis de force dans la main un des deux croissants qu'il lui avait achetés.

- Vous devez prendre des forces, on en a bien besoin, surtout quand on est en opération spéciale.

Discrètement, Roméo s'était débarrassé de la friandise et c'est Nunuche qui en avait hérité. En un coup de langue, celle-ci avait disparu pour toujours dans la gueule béante de l'animal à l'appétit sans fond et à la reconnaissance éternelle.

Un bordel sans nom les bloque rue d'Aix. À Marseille on a même inventé un mot pour définir ces brusques arrêts brutaux dans la circulation. Le charroi*.

Malgré l'heure matinale, la rue est en proie à une effervescence étonnante. Devant leur voiture, une benne bloque complètement la circulation. Ça klaxonne, ça râle, ça vocifère, ça gueule, ça vit…

Roméo soupire : "Marseille!"

Gwendoline essaye d'empêcher Nunuche de lui lécher les oreilles.

- Laisse mes oreilles tranquilles, chien ! Mais Nunuche n'en a cure. Gwendoline rajoute, pressée de pouvoir sous un vague prétexte d'armes trouvées dans un carton parler enfin à Mathieu.

- Et vous, Roméo, pour une fois… nous sommes pressés. Pouvez-vous conduire un peu plus vite, s'il vous plaît?

Il claque mentalement les talons et pense encore au vieux militaire de tout à l'heure.

- Ok patronne!

Par une manœuvre plus qu'hasardeuse, le jeune détective réussit à emprunter une rue moins encombrée. Pour cela il s'est payé une rafale d'escalier que la vieille bagnole supporte sans broncher. Nunuche qui n'aime pas gémit. Ils rejoignent ainsi la rue Sainte-Barbe, prennent à l'envers la place d'Aix, passent devant le Conseil Régional à contresens. Un employé de nettoyage ouvre des yeux ronds en voyant la vieille bagnole faire n'importe quoi. "Merde qu'est-ce que c'est que ça ?" Enfin quelque chose à raconter ce soir à sa femme.

Très vite, Roméo parvient à atteindre le boulevard des Dames, bordé de platanes centenaires ("tiens, comme le boulevard Dugommier", ne peut s'empêcher de remarquer Gwendoline, qui constate que sa réflexion manque beaucoup d'à propos dans les circonstances actuelles).

Le journal est bientôt en vue. À l'approche de la poussive Renault, le gardien ouvre le portail et le Noir s'engouffre sur le parking. Gwendoline délivre une dernière recommandation alors que Roméo gare la fourgonnette le long du quai d'embarquement qui jouxte les rotatives :

- Vous me laisserez parler, hein ?

Décidément, elle fait de plus en plus adjudant.

- Très bien patronne.

- Ourf, acquiesce l'animal lécheur.

On ne lui a rien demandé, mais la chienne veut participer à tout. Peu de véhicules dans le parking, mais ils repèrent bien évidemment, en plus de l'Alfa Roméo de Mathieu, la bagnole d'un luxe ostentatoire et de mauvais goût du rédacteur en chef. Garée juste devant la place qui porte une pancarte très directive... "Interdit de stationner! Réservée au rédacteur en chef".

Gwendoline grimace devant ce manque de tact. Non, vraiment quand elle met les deux hommes en compétition, il n'y en a vraiment qu'un seul... mais il va bien falloir qu'il s'explique.

À peine Nunuche est descendue qu'elle compisse copieusement le pneu de la fameuse bagnole. Roméo ne peut s'empêcher de dire.

- Encore!

Mais combien de fois pisse-t-elle par jour, ce boucan*?

Gwendoline quant à elle en voyant l'animal se conduire aussi mal se surprend, malgré sa bonne éducation, à penser... "Bien fait!" Malgré tout, elle rappelle très vite la grosse chienne à l'ordre :

- Viens là ! On rentre !

Et d'un bond, elle précède Roméo dans la salle des rotatives. Ce dernier agrippe le collier de Nunuche et lui passe la laisse fabriquée la veille à la va-vite avec une vieille ceinture.

À cette heure-là, les énormes machines sont endormies, comme mortes. Le cœur du journal est arrêté et se repose. Ce n'est qu'en fin de journée que les machines renaissent et que les rouleaux de papier gigantesques sont amenés pour les nourrir. Roméo a pris le pas sur sa patronne. Contrairement à elle, il sait où se trouve le bureau de Mathieu. C'est en hauteur que depuis une sorte d'aquarium chauffé l'hiver et climatisé l'été, les spécialistes de cette machinerie étonnante, contrôlent, gèrent, réparent, assurent la fabrication de l'information. Et c'est dans cet espace confiné, en compagnie des techniciens, que Mathieu passe la plus grande partie de ses nuits.

Mathieu...

Alors que les jeunes gens s'apprêtent à grimper l'escalier en colimaçon qui mène à cette étrange nacelle, un cri suppliant leur glace le sang :

- Non, je t'en prie, ne fais pas ça!

... suivi d'un coup de feu violent.

"Pan!"

Dans un ensemble parfait Roméo et Gwendoline suspendent leur geste, se tournent et découvrent sur un mur de la pièce aux dimensions impressionnantes, d'étranges ombres. Par un jeu de lumière étonnant, se déroule devant eux une scène d'une violence inouïe. Une des silhouettes est en train de tomber. Les deux autres se font face, l'une des deux tenant apparemment une arme à la main.

Nouveau cri terriblement angoissé :

- Non! Je t'en prie!

Gwendoline pense : "Je connais cette voix..." et avant qu'elle puisse préciser ses souvenirs :

"Pan!"

Le contour de l'image s'écroule sans plus de bruit. C'est Roméo le premier qui réagit. Il crie :

- C'est un meurtre, c'est un meurtre! Ne bougez plus!

Nunuche tire sur sa laisse en gémissant. D'un geste brusque, Roméo la lui retire et tance l'animal, priant en lui-même pour qu'il ne prenne pas la fuite : "Vas-y Nunuche! Attrape-le!" La chienne une fois détachée donne libre cours à sa joie, prouvant si besoin était, combien la maîtrise de la situation, de tous types de situation, lui échappe complètement. Elle sautille autour de leurs jambes, va respirer une poubelle particulièrement odorante au fond de l'atelier et coupe systématiquement la route aux jeunes gens qui s'élancent enfin pour aller porter assistance aux personnes blessées, tout du moins l'espèrent-ils.

Le spectacle qui les attend est horrible. Bien que préparés au pire, ils sont quand même saisis par la violence de la vision qui s'offre à eux.

Gwendoline murmure : "Je savais que je connaissais cette voix..."

Ce sont Robert et Patrice qui gisent dans une position grotesque, là où la mort les a laissés. Robert est sur le dos, ses pieds indiquent pour la dernière fois 11h15. Quant à Patrice, c'est face au sol qu'il est tombé. Ses courtes jambes bien serrées se scindent au niveau des chevilles et donnent une heure légèrement différente de celle de son collègue. Comme toujours, comme d'habitude. Une heure définitivement figée par la mort.

Toujours sous le choc, Gwendoline précise pour Roméo, qui n'y comprend goutte. 11h15 et 10h20.

- Pardon ? répond interloqué Roméo.

Elle montre à son acolyte les deux corps.

- C'étaient leurs surnoms... à cause de leurs pieds.

Même si Roméo est lui aussi sous le choc (il faut dire que les cadavres sont peu ragoûtants, leur visage n'étant plus qu'un amas de chair sanglante sous l'impact de cette balle unique mais ô combien destructrice), il se reprend plus vite que sa patronne, qu'il houspille :

- Vite! Il faut se dépêcher! On peut l'attraper! Prenez par là, je vais de l'autre côté."

Gwendoline opine et a cette pensée incongrue en de telles circonstances : "Heureusement que je n'ai pas mis mes baskets roses, elles auraient été foutues, c'est impossible de ravoir des taches pareilles!" Elle tire la lame hors de sa fidèle ombrelle, puis elle s'élance hardiment à la poursuite du tueur, l'épée au poing.

"Magnifique!" pense Roméo.

Ils se retrouvent sur le parking, ayant échoué tous deux dans leur investigation respective.

Roméo, essoufflé regarde Gwendoline.

Pour arriver en même temps qu'elle, il a dû passer par le hall, puis par les escaliers, après avoir bien évidemment vérifié qu'aucun ascenseur n'était encore employé, que la flèche, indiquant que les cabines marchent, soit bien éteintes. Puis, de là, il avait pris le couloir pour redescendre en vitesse avant de tomber nez à nez avec la jeune femme.

Celle-ci avait utilisé l'escalier de service et n'avait, elle également, croisé personne. Au regard interrogatif et angoissé de l'Anglaise, le Noir l'informe de son échec.

"Dégun de dégun*! Je n'ai vu que des femmes de ménage en plein boulot et des couloirs déserts. C'est tout.

Elle secoue la tête.

- Moi non plus, rien de rien... Un vrai désert. Nobody! C'est tout de même étrange, on n'a pas pu le manquer ? Il y a un problème qu'il nous faut résoudre.

Sourire complice.

- Vous vous souvenez du mystère de la chambre jaune ?

- Bien sûr.

Elle fait allusion à l'enquête magistrale d'un détective de fiction célèbre qu'ils connaissent bien tous les deux.

Roméo est déçu.

Déçu et fatigué, il se sent irritable.

- Qu'est-ce que l'on fait ?

Les deux détectives sont perplexes. Où est donc passé le tueur ? Ils ont beau réfléchir, aucune solution ne se présente à leur esprit. Pourtant, il y a bien deux cadavres, là-bas.

Tout à coup, une voix les fait sursauter.

- Bonjour !

Armand, décoiffé, la cravate au vent, se tient devant eux. Ils ne l'ont pas entendu arriver. À son air contrarié, Gwendoline comprend qu'il aurait préféré s'éclipser sans se faire remarquer d'eux. Manque de bol, c'est appuyé sur la voiture du rédacteur en chef que Roméo reprenait son souffle. La rencontre était donc inévitable.

- Heu... Quelle charmante surprise! Et si tôt! Vous savez pourtant que les archives n'ouvrent qu'à 10 heures, non ? Et avec un petit rire sans joie : - Vous espériez me voir tenir ma promesse d'une visite privée à une heure si matinale ?

- Bonjour monsieur Palomier! répond gentiment la fausse Linda Jonhson, qui feint de ne pas remarquer l'ironie contenue dans la question du rédacteur en chef.

- Je tenais à montrer à monsieur... heu... monsieur Pinocchio qui m'assiste dans mes recherches les lieux où nous allons travailler.

Les deux hommes échangent un sourire crispé. La tension vient du côté de Roméo qui s'est tendu en entendant le surnom dont son chef l'a affublé.

La jeune femme, jouant l'innocence, reprend :

- Mais... et vous monsieur Palomier ? Je ne savais pas que les fonctions de rédacteur en chef engendraient de telles heures sur le parking du journal. Franchement, je trouve ça très étrange.

Il fusille la jeune femme du regard. La réponse fuse sèchement. Le ton n'est plus à la badinerie. Armand en a assez.

- L'actualité n'attend pas, mademoiselle... maintenant, si vous voulez bien m'excuser, il faut que j'y aille.

- Bien sûr.

Il pose la main sur la poignée de la voiture, mais Roméo ne fait pas mine de se pousser. Le jeune homme est persuadé que l'assassin est devant lui et il le regarde avec une hostilité non dissimulée.

Tout à coup, la trogne de Nunuche apparaît à l'angle du bâtiment. Gwendoline remarque l'animal, et a du mal à en détacher les yeux. Car la chienne, toujours aussi débonnaire et pleine d'entrain, s'approche joyeusement du petit groupe ainsi formé. Elle aime la compagnie des hommes, elle les trouve "chou". Et le fait qu'elle ait la tête presque entièrement recouverte d'encre rouge n'y change rien. En effet, ayant trouvé un flacon fermé et néanmoins odorant, elle l'a tellement secoué que celui-ci s'est renversé sur elle.

- Quand même, j'avoue que je ne comprends pas un travail aussi matinal, insiste la détective, qui tente par là de retrouver le fil de ses pensées.

- Pouvez-vous nous confier l'information qui a motivé une intervention de votre part d'aussi bonne heure?

La chienne s'approche d'Armand et pose sa tête sur son pantalon en lin, maculant ainsi de façon irrémédiable le tissu. L'homme, sans même lui accorder un regard, essaie de pousser la chienne qui croit qu'on veut jouer et qui insiste davantage.

- Je ne vois vraiment pas en quoi cela vous regarde, jeune demoiselle.

Gwendoline qui a vu le désastre sur le pantalon de prix ne dit rien et cherche à garder son sérieux. C'est plus fort qu'elle, son regard s'illumine comme un sapin de Noël un jour de fête. Par contre, Roméo est encore très remonté et est persuadé qu'il ne faut surtout pas qu'il le laisse partir. Tout à coup, il revoie les visages éclatés, dans la pièce, derrière eux, et il pense que l'homme doit être armé. À cette idée, la peur s'insinue, et il s'écarte de la portière. L'homme en profite pour ouvrir celle-ci et s'engouffrer dans le véhicule suivi par une Nunuche ravie que l'on veuille enfin s'amuser un peu avec elle.

- Mais...?

Maintenant, c'est la chemise, la cravate, la veste, les chaussettes, les chaussures, et même la pochette en soie délicate qui sont bons à mettre à la poubelle. Oui, Nunuche est très affectueuse. Trop, peut-être ?

- Qu'est-ce que c'est que ce chien ? Il est à vous ? Retenez-le.

Gwendoline et Roméo se regardent.

- Ce chien ? Non, non, nous ne savons pas à qui il est.

Peut-être à ce clochard, là-bas, qui fouillait tout à l'heure dans la poubelle... je crains qu'il n'ait un peu taché vos vêtements. Et je me suis laissé dire que l'encre d'imprimerie est difficile à enlever...

Rageur, l'homme pousse l'animal hors de l'habitacle, met le moteur en route et disparaît dans un crissement de pneus.

Les deux jeunes gens se regardent.

- C'est lui ?

Elle hausse les épaules.

- Très probable. Mais on ne peut rien faire. Évidemment si nous l'avions choppé avec l'arme du crime...

Roméo attend, raide comme un piquet les ordres de sa patronne. Trop c'est trop. Il ne veut plus rien avoir à décider.

- Bon. Et maintenant ? On attend la police?

Celle-ci secoue la tête avec détermination.

- Non. Je crois qu'il vaut mieux l'éviter. Vous avez bien terminé votre tournée? Et logiquement, vous avez ramené la voiture, après. Il ne nous reste qu'à rentrer à pied, ce n'est pas trop loin ?

Il secoue la tête.

- Yes madame.

Elle montre le chien.

- Bon, alors, attrapez vite cet animal avant qu'il ne peigne tout le parking et éclipsons-nous gentiment. Je suis sûr que l'Armand en question, n'aura absolument aucun intérêt à nous dénoncer."

L'homme reprend son souffle.

Bon Dieu!

C'est la première fois qu'il tue. Et c'est la dernière! Il passe une main hasardeuse dans ses cheveux. Que s'est-il passé ? Il ne comprend pas comment les choses en sont venues là. Il sait que depuis qu'il a appuyé sur cette gâchette, sa vie a irrémédiablement changé. Ce n'est pas la prison qu'il craint, non. Son passé de militant syndicaliste et politique lui avait souvent fait frôlé l'enfermement. Ce qu'il redoute, ce sont les nuits... toutes ces nuits où il va revoir devant ses yeux encore et encore ces deux morts inutiles. Comment peut-on se préparer à cela, à cet enfer de la mémoire ? Comment en vient-on à tuer de sang froid ? Il a beau chercher, il ne trouve pas de réponse à cette question. Il aimerait tellement remonter à l'époque bénie de son enfance, loin de Marseille.

Et puis, il y a Fanny.

Oui, c'est pour elle! Il fallait à tout prix la protéger de ces enfoirés. La con de Manon! S'ils s'étaient contenté de s'en prendre à lui... il aurait pu arranger l'histoire... leur donner ce qu'ils voulaient...oui, tout cela c'est pour Fanny. Mais... Comment va-t-elle le juger maintenant qu'il est devenu un assassin ? Comment va-t-il pouvoir lui faire face ? Elle qui a un regard si clair, tellement innocent des choses laides de la vie. Il n'y a pas trente six façons de faire, soit partir, disparaître, soit...

Son cœur retrouve petit à petit un rythme normal. Il avait bien entendu les injonctions d'un homme qui lançait son chien à sa poursuite. Et il ne sait pas encore comment il a pu s'en sortir. Quelle chance! Il ne comprend pas pourquoi l'animal ne l'avait pas retrouvé. Dans ce cas, il aurait vraiment été dans la merde. Jamais, au grand jamais, il n'aurait pu tuer un chien. Non, jamais... et pourtant, il venait bien d'abattre de sang-froid deux hommes...enfin, maintenant, il suffit qu'il se fasse petit, discret... Mais s'en est-il vraiment sorti ?

"Dites-moi patronne...

Roméo est en train de briquer Nunuche dans la salle de bain de Gwendoline. Celle-ci voit avec horreur son beau carrelage se maculer de rouge. "Combien de temps vais-je passer pour remettre de l'ordre ? Il m'en a fallu des heures pour rendre tout son cachet à ce carrelage d'origine! Je n'ai pas ménagé ma peine. Elle soupire : Quelle plaie que cette chienne! En même temps, elle est tellement mignonne! Et puis, lorsqu'elle arrive, juste avant de faire tout et n'importe quoi, elle impressionne un peu quand même..."

Le jeune Noir la regarde par en dessous en rigolant. Elle comprend qu'il veut lui dire quelque chose, c'est sa façon d'attirer son attention.

- Oui, Roméo ?

Il sourit.

- Je voulais vous dire... quand vous voulez m'affubler d'un nom qui n'est pas le mien... par exemple... Pinocchio...

Elle se souvenait que prise de court par l'arrivée d'Armand, elle n'avait pu trouver que ce surnom ridicule de Pinocchio pour le présenter.

- Oh, je suis vraiment désolée, mais... je ne voulais pas donner votre vrai nom, question de sécurité. Et alors, vous comprenez... franchement... C'est tout ce qui m'est venu à l'esprit, et...

Il l'interrompt avec un geste de la main :

- Non, je ne vous en veux pas! C'est simplement que ça m'a rappelé des souvenirs d'adolescent... en fait, c'est un surnom que les copains m'avaient donné quand je jouais au football, comme espoir à l'OM.

- Joueur de football ?

Elle n'a pas l'occasion de pousser plus loin ses investigations, il continue sans l'écouter.

- Alors, quand vous m'avez appelé comme ça, j'ai eu comme un choc. Je me suis revu jeune homme...

- Vous avez joué au football ?

Une surprise! Roméo est décidément plein de mystères et la jeune femme réalise qu'elle sait finalement bien peu de choses sur son assistant. Elle essaie de l'imaginer en maillot et short de sportif. Par exemple sous les couleurs de l'OM. Il devait avoir sacrément bonne allure.

Tout en frottant énergiquement les oreilles de Nunuche, éperdue de reconnaissance qu'un humain lui consacre autant de temps, il continue d'expliquer.

- Oui. Tiens-toi tranquille Nunuche.

La chienne aime l'eau tiède avec laquelle il la rince abondamment et elle lui prouve avec moult léchades visqueuses son amitié indéfectible. Mais Gwendoline ne comprend toujours pas le surnom étrange.

- Mais pourquoi vous appelait-on Pinocchio ?

Roméo est gêné par la question.

- Et bien... comment vous dire... vous savez les garçons, entre nous... et bien sous la douche... c'est tous en commun... et nous sommes nus... forcément on se regarde... et alors...

Tout à coup elle comprend que ce n'est pas pour la longueur de son nez que les copains du jeune homme l'avait, dans le temps affublé de ce nom évocateur, quand on l'adapte à une certaine partie du corps que seuls les garçons... et tout à coup elle rougit violemment à cette suggestion qui s'implante fermement dans sa tête. Des images d'une telle force que cela la touche au creux du ventre. Roméo n'a rien vu, il continue d'astiquer les oreilles du chien. Il a beau y mettre tout son cœur, là, l'encre résiste encore.

- ...Alors, vous savez dans l'histoire de Pinocchio, le jeune garçon a le nez qui s'allonge démesurément... et moi, justement, quand je reçois de l'eau chaude à l'endroit... vous savez... ce qui différencie les garçons des filles vous voyez...et bien moi aussi... il se passe un phénomène bien naturel...

Gwendoline, au comble de la gêne, le coupe :

- Ça va bien, j'ai tout à fait saisi le pourquoi et le comment de votre surnom d'adolescent!

Décidément Roméo pense que les oreilles resteront rouges pendant encore de nombreux bains, il n'y arrive pas. Il sourit à la pensée de son amie suisse retrouvant Nunuche avec ces appendices de cette couleur symbole de révolution, mais aussi de passion. "Mais ça va pas mal avec la couleur de ses yeux!" Il suit le cours de ses pensées :

- Quand j'ai entendu "Pinocchio", j'ai tout d'abord été surpris, mais par la suite...

Là, elle se met en rogne, ça suffit avec ces détails triviaux sur la sexualité naissante du Noir, ils ne vont pas y passer la nuit, non ?

- Bon, on arrête là avec ce surnom ridicule, on n'en parle plus. Il nous faut prendre des décisions plus importantes maintenant, right now, ok ?

À cet instant, le téléphone sonne. Gwendoline qui a très envie de papouiller, elle aussi, la chienne ordonne à son employé de répondre.

- Allez répondre, je vais finir de nettoyer cet animal.

Elle s'installe à la place de Roméo dans la douche et entreprend de faire les ongles à une Nunuche étonnée et ravie par tant d'attentions.

Quand Roméo vient les retrouver dans la petite pièce humide et embuée, il trouve Gwendoline entièrement trempée qui rit à gorge déployée avec une Nunuche qui semble, elle aussi s'amuser beaucoup de cette promiscuité dans l'étroite baignoire.

- Eh bien, je vois qu'on ne s'ennuie pas ici ?

La rousse essaie de reprendre son calme.

- C'est le chien! Elle me fait des chatouilles! Tenez, Roméo puisque vous êtes là, passez-moi donc la serviette, qu'on la sèche un peu. Qui était au téléphone ?

La réponse suit la serviette demandée.

- Pierre André. Elle a un peu de mal à rassembler ses esprits.

Puis, cela lui revient.

- Oh… Votre ami policier ? Que voulait-il ?

Eh bien, la patronne s'humanise un peu, je ne sais pas ce qu'elle avait… Peut-être n'aime t-elle pas le football ?

- Les deux cadavres ont été découverts et ça a fait un sacré barouf dans la ville. Même le maire s'en est mêlé, sans parler des mecs de la Région et du Département. Résultat, tout ce beau monde a décidé d'un commun accord qu'il fallait étouffer la moindre petite possibilité de scandale. La direction du journal a donc annoncé que c'était un casse qui avait mal tourné. Des voyous qui voulaient piquer du matériel informatique. Moi, je n'y crois pas une seconde et la police n'a pas l'air beaucoup plus convaincu…

- Moi de même!

Un silence.

- D'autant plus que les flics ont trouvé des traces d'encre sur le sol, pas loin des cadavres… et les mêmes traces sur des vêtements du rédacteur en chef. Euh… ils l'ont placé en garde à vue.

- Non ?

Elle a du mal à imaginer le fier rédacteur en chef les menottes aux poings.

- Ouais... Difficile quand même de croire et de faire croire qu'il était à la tête d'une bande de voleurs…Le journal et tout le reste des hautes sphères de la ville ont vraiment intérêt à ce que cette info reste pour le moment secrète. Et ce n'est pas tout. Pierre a aussi découvert que je m'étais fait embaucher au journal.

Une exclamation vient tout naturellement trouver sa place aux lèvres du détective.

- Saperlipopette!

Roméo surpris par cette interjection d'un autre âge lève un sourcil, mais la rassure d'un geste.

- Il ne me croit pas coupable et donc ne me dénoncera pas. Heureusement que c'est lui qui a été chargé de l'enquête, sinon... j'étais frais!

Cette fois, c'est un coup de sonnette qui interrompt les deux enquêteurs. Roméo se dévoue et va ouvrir, pendant que Gwendoline d'un coup de séchoir, tente de retrouver une contenance un peu plus professionnelle. Nunuche, quant à elle, dégouline sans vergogne sur les tomettes et prend la direction du couloir au plancher fraîchement ciré.

- Nooooon....

Trop tard. La chienne, une fois de plus, n'en fait qu'à sa tête et macule le beau parquet de traces largement inesthétiques. C'est à croire qu'elle maîtrise mal la compréhension de la langue française!

C'est donc glissant accrochée à la queue de l'animal que Gwendoline fait une entrée fracassante dans le bureau.

La visiteuse est effondrée dans un des fauteuils de cuir. Elle serre convulsivement son mouchoir sous son nez. Ses yeux sont rouges. C'est madame Palomier. Gwendoline se redresse et tente d'avoir l'air sérieux. La chienne, quant à elle, vient se rouler en boule dans le fauteuil de Gwendoline et s'endort immédiatement, épuisé par le bain et le trop plein d'amour dont elle vient de bénéficier.

- Madame Palomier, bonjour.

- Oh bonjour. Excusez-moi de débarquer sans rendez-vous, mais c'est horrible. Il se passe quelque chose...mon mari... Ils l'ont arrêté. Mais c'est pas lui, ce n'est pas possible.

Marie est tellement choquée par les événements qu'elle vient de vivre qu'elle semble ne pas remarquer l'étrange affublement de la détective, qui essaye vainement de recoiffer sa chevelure en broussaille. Sans parler de sa jupe trempée et maculée de traces rouges et de son chemisier pistache tout autant abîmé. Gwendoline est émue par la détresse de sa cliente et pose une main sur son épaule. Cette dernière tressaille.

- Si vous m'expliquiez tout cela calmement ?

La femme d'Armand se mouchote un coup, puis regarde l'Anglaise.

- Eh bien voilà. Ce matin, vers 5 heures, mon mari a reçu un coup de téléphone du journal. Il ne m'a pas expliqué ce qui se passait exactement mais il a simplement dit qu'il devait aller voir. Il est rentré vers sept heures, le costume maculé d'encre rouge. Il m'a dit que c'était un problème aux rotatives et il est parti se recoucher pendant que je préparais le petit déjeuner des enfants.

Roméo revient de la cuisine avec un verre qu'il était allé chercher pour elle. Elle boit lentement avant de reprendre le fil de son histoire.

- Je suis partie pour l'école avec les enfants, Armand dormait encore. J'ai été plus longue que d'habitude parce que j'ai dû passer par la pharmacie prendre un sirop pour Pierre-Jean, mon petit dernier qui tousse. Il a toujours été fragile des bronches. Je pensais que tout s'arrangerait à Marseille...C'est héréditaire. D'ailleurs, j'ai un oncle...Tout à coup, elle réalise que son propos s'égare, qu'à la minute présente le sort de son époux est bien plus inquiétant que l'état des bronches de son enfant. - Pardon, excusez-moi, je suis vraiment troublée.

Gwendoline tapote gentiment la main de Marie :

- C'est normal. Reprenez-vous.

Nouveau verre d'eau, une larme pointe entre les cils, mais d'un geste, Marie l'efface et poursuit :

- Quand je suis rentrée, il y avait des policiers partout. C'était horrible. Ils avaient mis le salon sens dessus dessous et Armand avait les menottes. C'était honteux, il était en pyjama, mal réveillé et personne ne me parlait, un vrai cauchemar. Heureusement que les petits n'étaient pas là! Et les policiers l'ont emmené comme cela à travers le jardin et la rue, tous les voisins étaient aux fenêtres! Je ne sais plus quoi faire, où aller, j'ai trop honte pour rentrer chez moi avec les enfants et je ne sais vraiment pas où les emmener à la sortie de l'école. Mais enfin nous ne sommes pas des assassins! Qu'est-ce qu'il a bien pu faire ?

Un silence prudent est la seule réponse qu'elle obtient à cette question. Brusquement Marie se lève pour se jeter aux genoux de Gwendoline :

- Je vous en prie, sortez-le de là, sortez-nous de là! Il est tellement gentil, il ne peut faire aucun mal à qui que ce soit!

Gwendoline la redresse et regarde Roméo.

- Mon assistant va immédiatement se renseigner sur ce

qui s'est passé.

Roméo comprend ses intentions et va faire semblant de téléphoner depuis son bureau. Pendant ce temps, Gwendoline tente de préparer la bourgeoise à ce qui l'attend...

- Vous savez, les hommes... on croit que, et puis... non, on ne les connaît jamais... au fond, ce sont un peu toujours des étrangers, vous savez...

Au même moment, d'une oreille, elle entend Roméo qui fait semblant de téléphoner.

- Oui ? hum... Ah bon ? Très bien, je vois, merci. Il raccroche après cette conversation imaginaire et cligne subrepticement de l'œil à Gwendoline.

- Madame, il va falloir être courageuse. Apparemment, il y a eu un crime au journal et votre mari serait impliqué. Les policiers sont tout simplement venus lui apprendre la nouvelle ce matin et auraient même trouvé des indices compromettants chez vous, ce qui explique cette arrestation."

Un cri d'oiseau blessé et la jeune femme, avec un à propos tout shakespearien, s'évanouit aux pattes d'une Nunuche endormie et que plus rien ne trouble.

Une sole géante tend sa nageoire à Gwendoline pour l'aider à grimper l'escalier en colimaçon qui n'en finit pas de tourner sur lui-même.

"Viens avec moi, susurre-t-elle sans que ses ouïes ne bougent d'un iota. Elle fume une petite pipe, et le tabac fait tousser Gwendoline. Le poisson plat a l'œil maquillé à outrance. Elle se souvient qu'elle a déjà vu ce regard-là... c'était exactement les mêmes couleurs que les maquilleurs avaient mis sur les paupières d'Élisabeth Taylor dans "Antoine et Cléopâtre", avec le beau Richard Burton. Vert, or et noir. Elle fixe longuement cet œil incroyable. Et puis s'en détache. Elle regarde autour d'elle, l'escalier est situé dans une pièce immense, un grand hangar aux dimensions incroyablement gigantesques dont on n'aperçoit pas le plafond. Il n'y a que cet escalier qui tourne, tourne, tourne sans fin. La sole est tellement grande et l'escalier est tellement petit qu'elle tient à peine sur les marches, et qu'elle a de la peine pour se tourner vers Gwendoline : "Viens, viens, viens avec moi."

Gwendoline, qui, comme tous les Anglais, a un rapport spécial avec les animaux, veut rendre service à cette gentille grande sole désolée.

C'est tellement triste une sole désolée!

Elle suit donc de près le poisson. C'est sur sa petite queue que l'animal monte l'escalier marche après marche. Couvrant entièrement cet appendice une petite basket exactement de la même couleur que celles que porte actuellement la jeune Anglaise donne à la sole une démarche plus souple. Gwendoline pense : "Nous sommes comme une équipe, une dream team." Même si l'ascension est assez lente, on commence à apercevoir la pièce dans laquelle l'escalier se jette.

"Aide-moi à rentrer dans mon aquarium, la vérité est au bout de l'escalier."

La vérité ?

Des machines complexes aux voyants colorés qui s'allument et s'éteignent sans ordre ni méthode s'élèvent jusqu'au ciel. Et au milieu de l'aquarium, une chaise. Une chaise unique, banale. Sur son dossier se repose une surchemise en coton aux motifs rouges écossais. La sole soupire :

"Je suis arrivée et toi aussi, maintenant, tu connais la vérité."

La sole se met alors à évoluer gracieusement avec ses petites nageoires plates. Gwendoline s'aperçoit que le poisson a coquettement tatoué sur le ventre plat une jolie tranche de citron jaune. Sa pipe s'est brusquement transformée en brin de persil qu'elle mâchouille avec obstination. L'Anglaise suit un moment les circonvolutions de l'animal, qui a perdu sa basket. Puis, ses yeux se portent sur la veste posée sur la chaise. Elle est belle et douce, peut-être en mohair, cela se voit de loin. C'est une veste faite pour…

La veste!

La veste!

D'un bond la détective se dresse sur son séant. Fini de rêver! Il lui faut reprendre pied dans la réalité, immédiatement.

La veste!

Elle saute du lit et appelle :

"Roméo!

Ce dernier en tombe du hamac dans lequel il s'était installé pour la sieste.

- Oui ???

- Roméo, la veste! On s'est trompé, on s'est trompé ! "*We miss it ! We're wrong! This fucking*" veste! On s'est bon dieu de trompé!

La jeune Anglaise jaillit en courant dans le salon, le babygros au vent, les cheveux en bataille, les yeux exorbités et fait peur à Nunuche qui court se réfugier sous le bureau en couinant.

- "*Fuck, shit, shit! We were wrong! I can't believe it! It's a nightmare!*"

- Euh… Ouais, sûrement, mais si vous m'expliquiez un tout petit peu plus clairement de quoi il retourne, je n'y verrai aucun inconvénient, grommelle Roméo en se massant les genoux qui ont durement heurté le sol.

- Roméo, nous nous sommes trompés.

- Euh oui ? interroge derechef le jeune Noir sans aucune imagination au réveil, surtout lorsqu'il est si brutal, alors que Gwendoline s'affale à ses côtés sur le plancher.

- C'est lui, j'en suis sûre, soupire-t-elle, effondrée, des trémolos dans la voix. La veste, Roméo, c'était la sienne."

Gwendoline pleure à chaudes larmes. Sous la douche, elle ne pense même pas à se savonner avec son nouveau gel à l'huile d'olive. L'eau ruisselle sur ses épaules à la même cadence que les larmes sur ses joues. Elle est trahie, humiliée, désespérée. Que la vérité lui apparaisse grâce à une pauvre sole n'arrange rien. Oh bien sûr, ce n'est pas la première fois qu'elle se trompe sur le compte de quelqu'un. Surtout sur un homme. Elle les connaît mal, pour les fréquenter peu et ne saisit pas toujours toutes les finesses de leurs attitudes. Mais là.... Qui aurait pu croire... Enquêter sur une infidélité et découvrir une telle chose, incroyable !

L'eau continue de couler, chaude, froide, elle ne sait plus. Elle pleure. La vie n'est décidément pas un chemin pavé de roses. C'est moche.

Il est cuit. Il le sait. C'est fini. Les RG le serrent, le connaissent bien. Ça date d'avant… exactement du jour où tout avait commencé. Lorsqu'il avait fallu sortir son frère de taule, et pas par la grande porte. Oh bien sûr, déjà à l'époque, il aurait pu dire non, mais en y réfléchissant, il savait qu'il n'avait pas eu le choix. Qui aurait pu laisser en prison ce jeune frère un peu fou, que tout le monde aimait tant ?

Ce fut sa première perte, sa première erreur. Il avait alors appris et en le payant cher que les sentiments devaient toujours, oui, toujours rester en dehors de ces affaires-là. Car ce sont les sentiments qui vous tuent, bien plus sûrement que toutes les armes chimiques du monde. Ils vous rongent le cœur, vous font perdre les yeux et vous mènent à votre perte. L'opération s'était mal passée. Son frère n'avait pas retrouvé la liberté dans ce monde-là. Et lui, il ne lui était resté que les contacts avec ces trafiquants d'armes et des services à rendre aux uns et aux autres. Et une amertume sans fin, sans fond, croyait-il. Il avait toujours dit oui. Mais c'est après la mort de Béatrice que la machine s'était réellement emballée. Il l'avait tellement aimée. Elle lui avait donné un enfant Fanny, cette fille chérie qui vit maintenant aux USA, si loin de lui mais si proche par la pensée. Et quand 11h15 et 10h20 avaient tué son chien et menacé sa vie, pour exercer un chantage minable, il avait vu rouge et s'était servi pour la première fois de ces fameuses armes qu'il trafiquait pour ceux qui y mettaient le prix. Les sentiments s'étaient de nouveau mêlés à cette partie où sa propre vie était le lot à gagner.

Aujourd'hui, le jeu prend fin. Il a perdu, certes, mais n'aura pas fourni au groupuscule d'extrême-droite auquel les deux journalistes appartenaient ce qu'il demandait. Une mince victoire... Et puis, sa fille est à l'abri du besoin, avec l'argent qu'il a mis de côté. Pour le reste, il n'irait pas en prison.

Non! Ça c'est impossible. Impensable. Il lui reste juste un dernier voyage à faire.

“Qu'est-ce que l'on fait s'il n'avoue pas ?

Gwendoline réfléchit un moment puis annonce d'une voix calme :

- Je pense qu'il ne fera pas de difficultés, j'en suis presque sûre.

Roméo regarde sa patronne, intrigué par son ton affirmatif. Lui l'est beaucoup moins. De plus il a vraiment l'impression d'être passé à côté de quelque chose. Ouais, un truc lui a échappé.

Les deux détectives sont devant le journal, assis dans la voiture en panne du Noir et attendent l'arrivée de l'assassin. Heureusement que Nunuche n'est pas là. Nina, la petite sœur de Roméo avait exprimé une fois de plus avec force le désir de la garder et il avait accepté avec soulagement de la lui confier.

- J'en ai marre de prendre le métro! grommelle Roméo.

- Faites réparer et donnez la facture à l'agence, offre d'un ton atone la détective.

- Oui ? C'est cool! Merci patronne!

Roméo est bien un peu surpris par cet élan de générosité, mais décide d'en tirer profit. Après tout, s'il refusait par politesse, la belle rousse serait bien capable de le prendre au mot!

- C'est normal, vous l'utilisez toujours pour le travail.

Roméo ne dit donc plus rien et est ravi. Il commençait à être un peu juste question trésorerie.

- On écoute un peu de musique en attendant ?

Il se sent finalement d'humeur joyeuse et la mine défaite de sa patronne ne va pas gâcher son accès d'enthousiasme juvénile.

- Si vous voulez.

Gwendoline est désespérée, anéantie et la musique qui, dit-on, adoucit les mœurs lui permettra peut-être de laisser ses pensées s'échapper sur des sentiers moins douloureux que ceux sur lesquels elle s'est pour le moment égarée.

Roméo allume son poste et enclenche un CD. La voix rauque mais tendre de Miossec s'élève...

"Pourquoi les chansons parlent-elles toujours d'amour
C'est un sujet indécrottable
Pourquoi n'as-tu jamais crié au secours
Quand tu étais encore fréquentable
Pourquoi faut-il que je savoure
Tes larmes te rendent si désirable."

Gwendoline ne sait pas pourquoi mais son regard s'embue. L'amour, l'amour... Voilà bien un motif valable pour pleurer dans une voiture en panne, sur un parking désert. On se croirait presque revenu dans un vieux clip des années 80.

Toc, toc!

Un bruit sec contre la glace interrompt la rêverie du jeune détective et les fait sursauter. C'est Marco.

- Salut Linda! Toi qui voulais écrire un roman noir, te voilà servie!

Gwendoline baisse sa vitre et sourit au fait-diversier.

- Bonjour Marco... je te présente... heu, heu...pine... non, je veux dire Roméo. Mon assistant.

- Ton assistant ? Putain c'est cool en Angleterre! Bonjour Roméo! Alors tu as vu... tu te rends compte le jour même où nous les avons rencontrés dans le restaurant... Tu n'auras pas eu le temps de les connaître vraiment, alors bon, ne perds pas ton temps à les pleurer... dit-il gentiment, en voyant les yeux humides de l'Anglaise. Bon, en ce qui me concerne, c'est pas que j'aimais particulièrement ces deux types, mais quand même, c'est moche. On ne peut vraiment pas souhaiter ça à dégun*.

- C'est vrai, c'est triste. Tu sais où en est la police ?

- Non. Mais ce que je peux te dire c'est que ça grouille ici. Et même que c'est des poulets que personne ne connaît. Des types étranges, pas comme nos condés de d'habitude. Bon, je te quitte, j'ai du boulot. Passe me voir à l'occase, on essayera de finir un repas, cette fois.

Gwendoline évidemment rougit au souvenir peu glorieux de la sole.

- D'ailleurs, poursuit Marco sans remarquer son trouble, je t'emmènerai sur le Marseillois. C'est l'immense bateau amarré devant la mairie. La vue est superbe, on y mange bien et surtout le poisson y est délicieux.

Un frisson terrible monte le long de l'échine de Gwendoline. Mais elle se force à sourire. Quelle héroïne!

- Très bonne idée! Je passerai te prendre moi, affirme-t-elle au journaliste, tout en se promettant en elle-même de ne jamais, au grand jamais, s'approcher de ce journal, dès que l'affaire sera close. En fait les deux affaires. Parce qu'au jour d'aujourd'hui, c'est de crime et d'un adultère qu'il s'agit. Et rien ne prouve qu'elles soient liées, d'ailleurs elle en doute même franchement.

Roméo est resté silencieux durant tout l'échange. Il observe. Il tente de trouver ce qui lui a échappé tout le long de cette enquête. Cela le gêne, ce sentiment d'être passé à côté de quelque chose. Sa patronne se serait-elle prise d'affection pour Marco ? Après tout, lorsqu'il a tapé à la glace de la voiture, elle avait les larmes aux yeux en le regardant... D'ailleurs, à la minute actuelle, la jeune femme suit du regard le journaliste qui s'enfonce dans le ventre du journal.

C'est à ce moment-là que l'attention des deux détectives est attirée par un petit attroupement de trois femmes de couleur. Deux d'entre elles soutiennent la troisième qui semble en proie à un gros chagrin.

- Que se passe t-il ?

- Je ne sais pas, elle pleure. Sans doute une histoire de cœur. Elle est plutôt jolie, la pleureuse.

En effet, la femme a un visage délicat et très mobile, et son minuscule corps est harmonieux, bien proportionné. Une poupée. Une jolie poupée qui pleure, on a envie de la bercer. Mais Gwendoline et Roméo n'ont pas le temps. Ses deux amies tentent de la raisonner et bientôt elles ont raison du désespoir de la jeune femme. Elles sont avalées à leur tour par le sévère bâtiment.

Roméo donne un léger coup de coude à Gwendoline.

- Le voilà!

L'homme descend de voiture avec souplesse, on sent qu'il fait pas mal de sport, qu'il s'entretient. Il porte la fameuse chemise, celle qui a fait comprendre à Gwendoline toute la vérité. Le cœur de cette dernière se serre, il faut y aller.

- Allons-y!

Elle fait front au désespoir qui la submerge, ouvre la portière et fait signe à son assistant de la suivre.

- Oui! Allons donc discuter un peu, avec monsieur l'assassin.

Ils se glissent par la porte ouverte. Malgré tout, ils ont laissé à l'homme une légère avance et il est déjà assis à son bureau, dans l'aquarium, en train de compulser une liasse de documents lorsque les deux détectives montent l'escalier en colimaçon, en essayant de faire le minimum de bruit pour le surprendre. Mais la structure, sans doute mal fixée, grince et tangue horriblement. Lorsqu'ils s'encadrent à la porte, ce n'est plus vraiment une surprise.

L'homme les invite même à entrer et annonce sans les regarder, les yeux rivés sur une liasse de papier.

- Bonjour. Que voulez-vous ? Faites vite, je suis pressé, aujourd'hui.

Puis il lève la tête et voit Roméo.

- Tiens qu'est-ce que tu fais là ?

Un silence suit cette réflexion. Gwendoline s'approche et touche rêveusement le tissu du vêtement de l'homme.

- C'est à cause de la chemise.

Les beaux yeux de l'homme reflètent l'incompréhension. Pourquoi cette rousse au visage parfait et sensible touche t-elle son vêtement avec des yeux aussi tristes et en disant ces mots incompréhensibles ?

- La chemise ?

Comme si elle n'avait pas entendu, et le cœur terriblement affecté, Gwendoline poursuit :

- Pourquoi avez-vous fait ça ?

Il ne répond rien, mais regarde avec une attention renouvelée l'Anglaise qui a la voix moins ferme que ce qu'elle le voudrait. Elle tremble mais poursuit courageusement. Elle n'est pas sûre de pouvoir plonger ses yeux dans les siens.

- Pourquoi tuer ainsi? Qu'est-ce que ces deux hommes vous avaient fait? On ne tue pas parce que les hommes sont vains, et stupides !

Nouveau silence. On sent qu'il réfléchit profondément. Puis il sourit tristement.

- Comment l'avez-vous découvert ?

L'aveu est explicite. Elle le savait, il n'allait pas se défendre. Doucement, très doucement, elle caresse toujours le tissu, car dessous elle devine la peau, les muscles… elle aimerait tant y poser la main... mais…

- Nous l'avons découvert par hasard. Une question de timing. C'est simple, je vous avais rencontré l'autre jour dans l'ascenseur, vous vous souvenez ?

Il réfléchit, mais secoue la tête.

Ce nouvel aveu achève de briser le cœur déjà bien fragile de l'Anglaise. Mais pourtant elle aurait dû s'en rendre compte, il ne l'avait pas remarquée! Elle continue pourtant, malgré son cœur en lambeau.

- Vous portiez, ce jour-là, la même chemise. Et quand les deux hommes ont été tués, c'est encore ce vêtement que j'ai aperçu sans y prendre vraiment garde, sur une chaise, ici même. Mais dix minutes plus tard, il avait mystérieusement disparu. Vous étiez donc là. Ce ne peut être que vous qui avez froidement tué les deux journalistes.

Son visage s'éclaire. Il comprend.

- Ah, c'était vous avec le chien ? J'ai cru que...Mais qui êtes-vous donc? Et que venez-vous faire dans cette histoire ?

Gwendoline ne sait pas, elle ne sait plus rien.

- Nous sommes des détectives embauchés sur une autre affaire. Une femme jalouse, un mari volage, rien. Le hasard, je vous disais. Rien d'autre.

Mathieu sourit tristement.

- Quelle ironie que la vie! Quelle idée étrange que le hasard, ou peut-être peut-on parler plus significativement de destin. Moi qui n'y ait jamais cru. Et pourtant. On se retrouve un jour à vendre des armes, alors que...

Il s'interrompt. Un silence pesant suit. Elle veut une réponse.

- Vous ne m'avez toujours pas répondu, Mathieu.

Elle s'enivre de pouvoir au grand jour prononcer son prénom, même dans ces circonstances tragiques. Elle a peur de tomber, ne sait plus vraiment où elle est, si elle rêve ou pas. Elle le regarde intensément, pour ne jamais oublier à quoi ressemble l'homme de sa vie.

- Mathieu, vous ne pouvez pas vous en sortir.

C'est un simple constat, même pas une menace. L'homme a évoqué un trafic d'armes, elle ne veut pas en savoir plus. Il a tué, il doit payer, c'est tout. C'est pour cela qu'elle a choisi ce métier, pour empêcher que des hommes comme lui, nuisent à la société. Son idéal de vie sera plus fort que son idéal amoureux. Elle doit se sacrifier, c'est comme cela. Mais la vie est longue et elle saura l'attendre. Un homme comme lui doit avoir de bonnes raisons pour avoir fait ce qu'il a fait, et à tout casser, il prendra quelques années de prison.

Tant mieux! Au moins en prison, il sera tout à elle. C'est rien quelques années dans toute une vie d'amour, une mer de félicité. Elle ira lui porter des crumbles - elle apprendra, c'est promis! - jour après jour aux Baumettes ou même pire. Elle lui écrira de longues lettres où elle lui avouera son immense amour. Les fêlures qu'il porte en lui, elle les comblera et lui apprendra à revivre en société.

L'homme sourit tristement, loin, très loin des rêves d'amour de la jeune femme. Il énonce, lugubre.

- Qui vit par l'épée périra par l'épée. Je sais, les RG sont déjà sur mon dos, de toute façon, je n'en ai plus pour très longtemps.

La rouquine ressent un coup dans la poitrine, elle a un funeste présage. En un éclair elle voit l'homme couché dans un cercueil un bouquet de roses rouges dans ses mains croisées. Un corbeau vole lourdement dans le ciel. Elle crie :

- Non!"

Mais il est déjà trop tard. Car, en se penchant, avant même que Roméo ait pu esquisser un geste Mathieu sort un gros revolver de son tiroir, le met dans sa bouche.

Le temps se fige. Il entend le cri que pousse la jeune femme. Un cri se voulant barrière, arrêt, un "non!" désespéré, comme si... Et Mathieu lit clairement dans les yeux de Gwendoline un appel à la vie, à l'amour. Il lit tout l'amour qu'elle lui donne et qu'il ne peut refuser. Il s'étonne de ce don inespéré. Dans les siens, furtivement, passe quelque chose d'ineffable, un recommencement, une possibilité...

Mais dans sa tête, un cri s'élève, plus puissant que tout.

"Viva la muerte!"

Et il appuie sur la gâchette.

Les deux jeunes gens n'ont pas pu se soustraire aux nombreuses questions des policiers et des journalistes. Gwendoline, dans d'autres circonstances, aurait été ravie de cette publicité inespérée pour l'agence. Mais comment se réjouir de la mort de l'homme qu'on aime ? Car la jeune femme est restée fidèle à ses sentiments. Elle est persuadée que Mathieu n'est pas un assassin comme les autres. C'était un père avant tout, inquiet de la sécurité de sa fille chérie. Elle avait été soulagée d'apprendre que la jeune fille dont la photo avait été trouvée sur le cadavre du chien dans le coffre était apparemment Fanny, une fille née d'un premier mariage contracté avec une femme que l'homme avait adorée. Au journal, on connaissait l'histoire tragique de cette famille dont l'un des membres avait été fauché dans la fleur de l'âge par un tragique et injuste cancer. Elle aurait aimé rencontrer cette femme, parler de lui avec elle, lui expliquer ce qu'il avait représenté pour elle. Mais elle se devait de continuer d'avancer, sans regret, seule, toujours seule… Non, pas tout à fait seule.

Il y avait Roméo, présent à ses côtés.

Il l'avait empêché de tomber dans une déprime dont elle aurait eu du mal à sortir. Car s'il ne connaissait pas tous les détails, il avait bien senti que cette mort l'avait affectée au-delà du raisonnable, pour un homme qu'elle avait à peine croisé un jour dans un ascenseur.

Comme le premier jour où elle l'avait rencontré, quand les questions des policiers avaient cessés. Le beau Noir l'avait emmenée dans un petit restaurant de la Plaine et l'avait fait boire plus que de raison. C'était la première fois qu'elle goûtait de la cachaça, cet alcool brésilien que le patron mélangeait avec du citron, du sucre et des glaçons pilés. Bing! L'alcool avait embrumé ses esprits et elle avait été ivre tout de suite. Et la bouteille, une crevette rouge sur l'étiquette, l'avait fascinée jusqu'à ce qu'elle tombe dans une espèce de coma éthylique. Mais avant, elle avait tout dit à Roméo. Cet amour terrible et désespéré qui l'avait consumée pour un homme qu'elle avait perdu, qu'elle n'avait pas su retenir.

Roméo, tristement, s'était contenté de lui resservir une petite Caïpirina. Jamais il n'aurait pensé à se moquer d'elle. Il connaissait trop le prix des amours contrariées. Il respectait cette douleur terrible et il l'avait aidée à boire pour évacuer la plus grande partie.

Encore une fois, il l'avait portée sur son dos et couchée dans son lit, lui avait tenu la tête quand elle vomissait le trop d'alcool, le dégoût et la haine.

Oui, Roméo était là.

C'est aussi lui qui avait réussi à résoudre l'affaire pour laquelle Marie Palomier les avait engagés à l'origine. En effet, même s'ils étaient tombés par hasard sur un trafic d'armes, l'infidélité du rédacteur en chef n'était pas encore prouvée lorsque Mathieu avait choisi de se donner la mort, dans un ultime geste de désespoir.

Courageusement, les deux jeunes gens s'étaient remis au travail. Et avec deux fois plus de détermination, il fallait en finir définitivement avec cette affaire. De plus Gwendoline s'était rendu compte que le mouvement lui permettait de ne pas penser tout le temps à celui qui n'était plus. En consultant la liste du personnel du journal, Roméo avait eu la surprise de découvrir une certaine madame Lasiate.

- Patronne ? Je crois que j'ai trouvé.

Ce n'était autre que cette jolie petite Noire qu'ils avaient aperçue sangloter sur le parking du journal le jour de la mort de Mathieu.

Madame Lasiate avait de jolis yeux verts.

Le reste avait été très facile.

Les deux amants se retrouvaient régulièrement sur la plage des Sablettes où Armand avait loué un cabanon pour abriter leur amour. Un garage à bateaux où lui, transgressait définitivement le contrat de mariage avec cette jolie jeune femme.

Enquêtes, filatures, photos, témoignages, tout cela était de la routine. Marie Palomier avait réagi assez courageusement devant les preuves indubitables de la trahison conjugale. Pas de crise de larmes, pas de cris, rien qu'un calme inquiétant.

- Je le savais! Oui, je préfère savoir."

Elle avait payé rubis sur l'ongle avec le chéquier commun la note plutôt salée des détectives.

Pour Gwendoline, cette affaire ne fut pas une affaire comme les autres. Elle gardera longtemps l'image de l'interrogation qu'elle sut lire dans le regard de l'homme aimé avant qu'il n'appuie sur la gâchette de son arme fatale.

Affaire :

"Palomier" ou **"L'Asiate"**

Septembre 1997

Enquête Strawberry

Prospective Analytique :

L'enquête a démarré sur les chapeaux de roues et a pris une tournure que nous n'imaginions pas.

Un travail paradoxal, car la municipalité, voire l'État français aurait dû nous payer des honoraires. C'est bien notre agence qui a brillamment résolu le mystère autour du trafic d'armes sévissant aux rotatives du journal et, d'une certaine manière, nous avons donc tenu le rôle de la police.

Il y a eu trois morts. Deux journalistes, un technicien. Et un chien aussi, bien que rien ne permette d'affirmer formellement que c'est bien ce type d'animal que Roméo a vu dans le coffre de la voiture du technicien.

Cette enquête a été troublante pour plusieurs raisons. Elle m'a notamment révélée des aspects de la Presse que j'aurais préféré continuer à ignorer. Depuis, je ne lis pratiquement plus jamais les journaux. Mais j'écoute parfois la radio.

Résumé :

Madame Palomier, qui nous avait engagés, était bien trompée par son mari, rédacteur en chef du journal. Son intuition féminine était bonne.

Ci-joint, les pièces annexes à ce dossier.

La Marseillaise, 30 septembre 1997.

Un cambriolage qui tourne mal

Le Journal compte les morts

C'est hier en début de matinée que les corps sans vie de deux éminents journalistes ont été découverts près des rotatives du Journal. Le monde de l'information est en deuil.

Pourquoi, comment, Robert et Patrice ont-ils trouvé la mort, la question est pour le moment sans réponse. D'après les premiers éléments de l'enquête, il semble que les deux hommes aient tenté d'empêcher des cambrioleurs de s'emparer de matériel informatique. Un courage qu'ils ont payé de leur vie.

Hier, tout le milieu journalistique marseillais était en émoi, et notre journal tient lui aussi à rendre l'hommage qui leur est dû aux deux hommes.

Robert, chef de la locale, avait commencé sa carrière comme photographe freelance pour de nombreux quotidiens à l'âge se faire un nom dans le monde très fermé des spécialistes du milieu marseillais. Agé de 43 ans, il s'était forgé une réputation d'excellence dans le monde de l'information, ce qui lui avait valu d'occuper son poste de chef de l'information locale, et son regard sans concession sur l'actualité ne lui avait pas fait que des amis.

Patrice, passionné par l'histoire minière de la région, avait immédiatement trouvé sa place au Journal. Son analyse toujours pertinente de l'évolution de l'économie locale faisait référence. Aujourd'hui, tous le pleurent. Patrice était père de trois enfants. Il fêtait cette année ses trente ans de journalisme et ses 49 ans.

Demain, un hommage public sera rendu aux deux hommes lors d'une cérémonie en leur honneur donnée au Journal. Les funérailles, à la demande des familles, se dérouleront ensuite dans la plus stricte intimité.

Le Canard Enchaîné, 1er octobre 1997

Rubrique :

Le Canard se déchaîne…

On apprend de bonne source que le rédacteur en chef du Journal, titre marseillais respecté et respectable, serait en garde à vue. Premier séisme la semaine passée, lorsque des bruits circulaient concernant un trafic d'un nombre important d'exemplaires du quotidien. Cette fois, on ignore ce qui vaut au brillant journaliste à l'ascension rapide de passer ses nuits dans les geôles peu accueillantes de l'Évêché…

Note de l'enquêtrice : la Presse n'a plus jamais donné la moindre information sur cette affaire.

NOTE DE FRAIS

NOM : Strawberry Gwendoline
MOIS : septembre
ANNÉE : 1997

LIBELLÉ	**TOTAL T.T.C**
Frais de personnel : un secrétaire enquêteur	3000 Francs
Frais de déplacement	500 Francs
Frais d'envoi	50 Francs
Divers : réparation de la Golf de Roméo	2758,96 Francs

Total : 6308,96 Francs

La Rochelle, le 28 mai 1998

Chère Gwendoline et cher Roméo,

Je prends enfin la plume pour vous remercier de tout ce que vous avez fait pour moi.

Grâce à vous, j'ai ouvert les yeux sur ce qu'était devenu l'homme que j'avais aimé, avec lequel je croyais passer ma vie et finir mes jours.

Armand n'a pas toujours été comme il vous a été donné de le connaître. Le temps m'a permis de comprendre bien des choses, mais ce n'est pas là le but de mon courrier.

Je suis aujourd'hui divorcée et tiens une petite librairie salon de thé à la Rochelle. Les affaires ne sont pas fameuses, mais je m'installe à peine et suis optimiste quant à la suite des événements ! Les enfants vont bien et sont heureux de la proximité de la mer. Bien sûr, leur père leur manque, mais ils vont aller chez lui pour les prochaines vacances. Et le scandale leur aura été épargné.

Armand n'a eu d'autre choix que d'accepter un poste dans les Dom Tom. Je suis sûre que sa carrière finira par rebondir, les gens ont, heureusement parfois, la mémoire courte.

Si vous êtes amenés à passer par La Rochelle, je compte absolument que vous me fassiez signe.

Merci encore pour m'avoir soutenue lors de cette période difficile,

Cordialement,

Marie Carmin

P'tit dico MARSEILLAIS/FRANÇAIS

Cagole : de vrais muses inventées par les marseillais pour inspirer les hommes de lettres, les artistes et musiciens.
Cagolette : petite cagole. Jeune fille délurée.
Cagolasse : grosse Cagole.
Cagolisé : grâce à certains vêtement et attitude, certaines américaines (ex Sue Ellen) peuvent, avec un stage adéquat, ressembler vaguement à une vraie cagole marseillaise. Mais c'est dur!
Con à la voile : une expression qui vient certainement des génois qui sont venus "à la voile" de chez eux.
Dégun de dégun : déjà dégun, c'est quand il n'y a personne, alors quand c'est dégun de dégun, alors là, c'est qu'il n'y a vraiment personne!
Dieu Garde : Dieu nous garde!
Espincher : regarder de travers.
Estransinée : grande fatigue.
Fait gaffi : fait attention.
Fatche : face. Vient du provençal " fàci "
Gansailler : tirailler.
Girelle : petit poisson multicolore méditerranéen, par extension une jolie jeune fille.

Jobastre : fou.
La castiapiagna : la vérole.
La con de Manon : pauvre Manon! Pourquoi cette jeune fille doit-elle, sans cesse être ainsi montré du doigt (hi, hi, hi, hi). Non, Nous ne savons pas, et nous sommes preneur si quelqu'un a une explication.
Lazzi : Pique.
L'engatse : une embrouille.
Manjiapans : du provençal Manjo-pan, la blatte. Par extension une personne au comportement grossier.
Marlou : cacou, garçon qui tire ses revenus de magouilles.
Mouligouli : c'est quand on ne se sent pas bien, mais que l'on ne sait pas d'où ça vient. En brésilien, c'est le "sodate".
Radasse : femme de mauvaise vie.
Tronc de l'air : tonnerre de Dieu.

L'impression et le façonnage
de cet ouvrage
ont été effectués
à l'Imprimerie LUSSAUD
85200 Fontenay-le-Comte

Dépôt légal 2e trimestre 2004
n° 3702
N° d'impression : 203450